Tiga corak dari masa lalu hingga masa kini:
India ke Asia dan sekitarnya di seluruh Dunia

Translated to Indonesian from the English version of
The three shades from the past to the present

Mitrajit Biswas

Ukiyoto Publishing

All global publishing rights are held by

Ukiyoto Publishing

Published in 2024
Content Copyright © Mitrajit Biswas

ISBN 9789360160654

*All rights reserved.
No part of this publication may be reproduced, transmitted, or stored in a retrieval system, in any form by any means, electronic, mechanical, photocopying, recording or otherwise, without the prior permission of the publisher.*

The moral rights of the author have been asserted.

This is a work of fiction. Names, characters, businesses, places, events, locales, and incidents are either the products of the author's imagination or used in a fictitious manner. Any resemblance to actual persons, living or dead, or actual events is purely coincidental.

This book is sold subject to the condition that it shall not by way of trade or otherwise, be lent, resold, hired out or otherwise circulated, without the publisher's prior consent, in any form of binding or cover other than that in which it is published.

www.ukiyoto.com

Contents

Satuan 1: India 1

Pengantar visi besar Kebijakan Luar Negeri India 2
75 tahun strategi kebijakan luar negeri India sebagai negara untuk membangun dunia yang berpusat pada India 7
Dinamika kekuasaan & politik untuk aspirasi global: Apakah hal ini sesuai dengan branding India yang berkelanjutan? 19
India sebagai merek negara yang menyeimbangkan narasi pembangunan dengan tantangan masyarakat dalam isu-isu global abad ke-21 83

Satuan 2: Asia 124

Asia dan berbagai dimensi globalisasi yang berkembang untuk integrasi ekonomi 125
Politik imigrasi dan perbatasan: Kisah Negara Asia Tengah Kazakhstan 157

Unit 3: Dinamika Dunia Abad 21 166

Mengapa dan bagaimana AS gagal? 167
Menganalisis komunikasi politik dan media penerimaan nasionalisme di kalangan massa 178
Yang Diketahui Tidak Diketahui: Dunia tanpa Asia dalam Geo-Politik Abad ke-21 198
"Bahasa sebagai Konstruksi Nasionalisme" 209

Satuan 1: India

Pengantar visi besar Kebijakan Luar Negeri India

Kebijakan luar negeri India di abad ^{ke}-21 terutama berkisar pada keprihatinan yang sudah lama ada di Pakistan. Yang lainnya lebih merupakan tumor jinak yang telah menjadi kanker yang menyebabkan rasa sakit dan pendarahan internal. Hal ini bermula dari gagasan bahwa kebijakan luar negeri India mengambil langkah-langkah dalam jangka waktu yang tidak terbatas hanya pada Pakistan tetapi juga mengarah ke Tiongkok. Konsep Tiongkok vs India telah berkembang selama beberapa waktu. Tiongkok selalu menjadi saingan geo-politik bagi India namun kebijakan luar negeri India lambat bereaksi pada awal dekade pertama pasca kemerdekaan. Namun, jangan terlalu terjebak dalam historisitas Kebijakan Luar Negeri India, namun di sinilah kita mungkin akan bergerak maju dalam skenario saat ini. Tiongkok sudah pasti memimpin kebijakan luar negeri India dan cara Tiongkok menyerang kita masih menyisakan banyak hal yang tidak diinginkan. Terlepas dari bentrokan perbatasan yang telah berkobar selama beberapa tahun terakhir sejak Doklam, terdapat perubahan dalam cara kebijakan luar negeri India dalam menangani berbagai hal. Doklam adalah bentrokan pertama dalam beberapa waktu terakhir yang benar-benar menjadi buruk dan lengket. Kebijakan luar negeri India telah mengambil serangkaian langkah yang sedang berlangsung dan semakin meningkat dalam hal dampak dan pengaruhnya. Mari kita bergerak maju di masa sekarang.

Ide kebijakan luar negeri adalah tentang bagaimana seseorang berperilaku dalam menghadapi krisis yang akan terjadi. Di sini jika kita melihat bagaimana gagasan krisis di seluruh dunia muncul dari dua pusat kekuatan yang ingin kembali melakukan perjalanan kekuasaan. Kebijakan luar negeri India selama periode waktu tertentu telah berpindah ke tahap di mana kedua pusat kekuatan ini kini sedang ditangani. India harus berhati-hati karena meningkatnya euforia kebijakan luar negeri India tidak boleh menyesatkan pemikiran kita. Ini adalah gagasan utama tentang visi besar kebijakan luar negeri yang digembar-gemborkan oleh negara mana pun. Di sinilah India berusaha untuk menjadi semenarik mungkin tanpa semangat otoriter seperti yang dilakukan Tiongkok atau Rusia. Selain itu, mereka belum sepenuhnya memutuskan hubungan dengan Rusia seperti yang sudah lama mereka miliki. Teman yang telah teruji oleh waktu belum dilepaskan. Rusia tetap penting bagi kami dan kebijakan luar negeri India memastikan bahwa mereka tidak membiarkannya begitu saja. Ide kebijakan luar negeri India adalah untuk memberikan gambaran dunia di mana Tiongkok adalah ancaman nyata dan membantu negara-negara jahat lainnya. India telah mencoba menjangkau negara-negara seperti Amerika Serikat, Australia dan Jepang untuk membentuk aliansi yang sesuai dengan visi besar India untuk dilihat dan diterima sebagai tanda demokrasi global.

Di kawasan kerja sama kompetitif juga terdapat duri Pakistan dengan India. India akhir-akhir ini telah melakukan banyak hal untuk mengalihkan perhatian dari Pakistan dengan pelabuhan Chabahar yang menghubungkan ke Iran dan Afghanistan yang membuka diri hingga ke Asia Selatan dan Tengah. Namun hal ini merupakan langkah penting bagi India untuk membuka diri terhadap permainan perdagangan, kerja sama ekonomi, dan integrasi, terlepas dari visi India untuk mendapatkan kembali perannya sebagai kekuatan yang bertanggung jawab dan dihormati dalam urusan internasional. Wacana dominan dalam urusan internasional India berpusat pada Tiongkok dan beberapa pakar internasional atau mungkin banyak yang mengistilahkan kemunculan India dan Tiongkok sebagai perang dingin 2.0. Saya sangat ragu dengan perbandingan seperti itu bukan hanya karena satu tetapi karena banyak alasan. Yang pertama dan terpenting, saya rasa ini bukanlah kemunculannya, melainkan kemunculan kembali kedua negara ini dari phoenix peradaban kuno dan penting. Yang terpenting India dan Tiongkok tidak bisa dibandingkan dan tidak boleh dibandingkan. India telah menciptakan bentuk demokrasinya sendiri yang unik dengan caranya sendiri dalam mengukir sebuah negara (bukan negara bangsa pada umumnya) yang bergabung dengan kerajaan-kerajaan pangeran, terlepas dari pembagian brutal wilayah yang dianggap didominasi Muslim yang mengakibatkan Pakistan dan kemudian Bangladesh. Di sisi lain, Tiongkok telah membentuk pemerintahan satu partai dan menguasai negara yang luas (sekitar 3,5 kali luas India). Yang terpenting adalah peran yang ingin dimainkan oleh India dan Tiongkok dalam urusan internasional memiliki perbedaan filosofis. Tiongkok telah membuka diri terhadap investasi perdagangan global satu dekade lebih awal dibandingkan India dan juga mengadopsi industri manufaktur dengan lebih agresif. Di sisi lain, India mengambil langkah menuju perdagangan global sebagai upaya terakhir untuk menyelamatkan perekonomian yang sedang terpuruk. India, terlepas dari rencana lima tahunnya, telah melewatkan revolusi industri dan langsung beralih ke perekonomian berbasis jasa. Meskipun India dan Tiongkok saling tertarik dengan Afrika untuk mendapatkan sumber daya, namun keterlibatan mereka di sana sangat berbeda. Tiongkok lebih tertarik pada pembangunan infrastruktur, sedangkan India lebih tertarik pada kolaborasi teknis. KTT India-Afrika baru-baru ini yang diadakan untuk keempat kalinya menyaksikan partisipasi negara-negara Afrika dalam jumlah besar. Hal ini dapat dianggap sebagai langkah India untuk melibatkan Afrika dengan cara baru setelah masa kolonial yang dialami oleh kedua wilayah geografis ini. Meskipun keadaan yang tidak menguntungkan ketika India memperlakukan pelajar Afrika dengan kekerasan dalam kejahatan tertentu yang bermotif rasial adalah hal yang meremehkan, namun keterlibatan India disambut baik di Afrika. Tiongkok telah berinvestasi dalam sistem kereta api, pembangkit listrik seperti yang disebutkan sebelumnya, namun India menyadari bahwa pendekatan "soft power" mereka lebih terfokus pada kolaborasi teknis. Selain itu, perusahaan swasta India mulai dari telekomunikasi Airtel hingga industri Reliance telah mencari investasi di Afrika di bidang pertanian yang juga mengarah pada diplomasi perusahaan. India jelas dapat membanggakan jangkauan diplomatiknya yang kuat meskipun staf dinas luar negerinya memerlukan penambahan yang serius agar dapat memenuhi harapan barunya.

75 tahun strategi kebijakan luar negeri India sebagai negara untuk membangun dunia yang berpusat pada India

India mempunyai tantangan besar serta peran yang harus dimainkan pada abad ini dalam urusan dunia. India menyelesaikan 75 tahun kebijakan luar negerinya yang masih melepaskan mabuk kolonialnya termasuk ujian karir diplomatnya. Namun, tanggung jawab India adalah memainkan peran utama dalam menggerakkan kekuatan dunia ketiga (baca Dunia Ketiga baik dalam hal kebijakan geo-politik maupun ekonomi). Tantangan India adalah memperbaiki situasi sosio-ekonomi bangsa. Harus diingat bahwa meskipun India bercita-cita untuk memainkan peran yang lebih besar dalam urusan internasional. Seseorang tidak bisa menjadi "super miskin" dan "super power" pada saat yang bersamaan. India masih mempertahankan praktik dan institusi kolonial Inggris seperti yang disebutkan sebelumnya. Namun, dunia saat ini menuntut India untuk menghilangkan hambatannya secepat mungkin dan memperjelas visinya tentang bagaimana negara tersebut ingin mengatasi masalah yang ada di sekitar dirinya dan dunia. India masih menghadapi masalah feodalisme, patriarki, dan kelangsungan hidup dasar selain dari perluasan jejak ekonomi, pasar konsumen yang sedang berkembang, serta inspirasi yang lebih besar untuk mendapatkan peran yang tepat dalam perundingan dunia. India telah memainkan peran penting dalam Afghanistan yang dilanda perang dan tidak hanya menyediakan sumber diplomatik tetapi juga uang tunai serta dukungan infrastruktur. Hal ini sesuai dengan visi India untuk kesejahteraan dan memperkaya lingkungan yang penting bagi India dalam jangka panjang. Hal serupa juga berlaku pada kebijakan India yang masih terpelajar dalam melibatkan lingkungan terdekatnya, namun ada beberapa kelemahan dalam kebijakan tersebut. India harus bertindak dengan sangat hati-hati dalam menghadapi perubahan keadaan. India akhir-akhir ini telah menjalin kerja sama dengan Bangladesh dan juga dengan Srilanka dalam mengembangkan infrastruktur. Keterlibatan politik juga penting dalam hubungan ekonomi integrasi Asia Selatan demi terciptanya lingkungan yang sejahtera. Asia Selatan secara ekonomi tidak signifikan dan menderita kemiskinan seperti halnya Amerika Tengah dan Karibia selain Afrika Sub Sahara. Gagasan mengenai India yang dianggap sebagai contoh kemajuan dunia ketiga adalah dengan menyatukan negara-negara Asia Selatan terlebih dahulu dan juga melaksanakan kebijakan integrasi perdagangan di Afrika dan Amerika Latin. Namun, hal ini lebih mudah diucapkan daripada dilakukan.

Di kawasan kerja sama kompetitif juga terdapat duri Pakistan dengan India. India akhir-akhir ini telah melakukan banyak hal untuk mengalihkan perhatian dari Pakistan dengan pelabuhan Chabahar yang menghubungkan ke Iran dan Afghanistan yang membuka diri hingga meluas ke Asia Selatan dan

Tengah. Namun hal ini merupakan langkah penting bagi India untuk membuka diri terhadap permainan perdagangan, kerja sama ekonomi, dan integrasi, terlepas dari visi India untuk mendapatkan kembali perannya sebagai kekuatan yang bertanggung jawab dan dihormati dalam urusan internasional. Wacana dominan dalam urusan internasional India berpusat pada Tiongkok dan beberapa pakar internasional atau mungkin banyak yang mengistilahkan kemunculan India dan Tiongkok sebagai perang dingin 2.0. Saya sangat ragu dengan perbandingan seperti itu bukan hanya karena satu tetapi karena banyak alasan. Yang pertama dan terpenting, saya rasa ini bukanlah kemunculannya, melainkan kemunculan kembali kedua negara ini dari phoenix peradaban kuno dan penting. Yang terpenting India dan Tiongkok tidak bisa dibandingkan dan tidak boleh dibandingkan. India telah menciptakan bentuk demokrasinya sendiri yang unik dalam caranya mengukir sebuah negara (bukan negara bangsa pada umumnya) yang bergabung dengan kerajaan-kerajaan pangeran, terlepas dari pembagian brutal wilayah yang dianggap didominasi Muslim yang mengakibatkan Pakistan dan kemudian Bangladesh. Di sisi lain, Tiongkok telah membentuk pemerintahan satu partai dan menguasai negara yang luas (sekitar 3,5 kali luas India). Yang terpenting adalah peran yang ingin dimainkan oleh India dan Tiongkok dalam urusan internasional memiliki perbedaan filosofis. Tiongkok telah membuka diri terhadap investasi perdagangan global satu dekade lebih awal dibandingkan India dan juga mengadopsi industri manufaktur dengan lebih agresif. Di sisi lain, India mengambil langkah menuju perdagangan global sebagai upaya terakhir untuk menyelamatkan perekonomian yang sedang terpuruk. India, terlepas dari rencana lima tahunnya, telah melewatkan revolusi industri dan langsung beralih ke perekonomian berbasis jasa. Meskipun India dan Tiongkok saling tertarik dengan Afrika untuk mendapatkan sumber daya, namun keterlibatan mereka di sana sangat berbeda. Tiongkok lebih tertarik pada pembangunan infrastruktur, sedangkan India lebih tertarik pada kolaborasi teknis. KTT India-Afrika baru-baru ini yang diadakan untuk keempat kalinya menyaksikan partisipasi negara-negara Afrika dalam jumlah besar. Hal ini dapat dianggap sebagai langkah India untuk melibatkan Afrika dengan cara baru setelah masa kolonial yang dialami oleh kedua wilayah geografis ini. Meskipun keadaan yang tidak menguntungkan ketika India memperlakukan pelajar Afrika dengan kekerasan dalam kejahatan tertentu yang bermotif rasial adalah hal yang meremehkan, namun keterlibatan India disambut baik di Afrika. Tiongkok telah berinvestasi dalam sistem kereta api, pembangkit listrik seperti yang disebutkan sebelumnya, namun India menyadari bahwa pendekatan "soft power" mereka lebih terfokus pada kolaborasi teknis. Selain itu, perusahaan swasta India mulai dari telekomunikasi Airtel hingga industri Reliance telah mencari investasi di Afrika di bidang pertanian yang juga mengarah pada diplomasi perusahaan. India jelas dapat membanggakan jangkauan diplomatiknya yang kuat meskipun staf dinas luar negerinya memerlukan penambahan yang serius agar dapat memenuhi harapan barunya.

India juga memiliki langkah besar yang harus diambil dalam konflik internasional meskipun negara ini mempertahankan kebijakan menghormati kedaulatan dan non-intervensi. Namun India belum mampu memainkan peran sebagai kekuatan yang bertanggung jawab seperti yang diharapkan darinya dalam krisis Irak-Suriah. Meskipun mereka telah mempertahankan komunikasi resmi namun langkah-langkah signifikan untuk bantuan luar negeri dan bantuan kemanusiaan masih belum ada. Ditambah lagi dengan krisis pengungsi Rohingya yang sedang berlangsung di Myanmar dimana pemerintah India tiba-tiba mengambil keputusan yang diambil (kebijakan tidak resmi) dengan menolak menerima pengungsi Rohingya dan mendeportasi mereka yang sudah ada di sini. Meskipun India mempunyai masalah kemiskinan, pengangguran dan meskipun tidak menjadi negara penandatangan resmi konvensi pengungsi, India telah menerima pengungsi dari Tibet, Afghanistan, Srilanka, dan lain-lain. Kebijakan mendadak ini bukan pertanda baik bagi India yang tampaknya dipandang oleh banyak negara Asia-Pasifik sebagai mitra yang bertanggung jawab dan dapat diandalkan. Meskipun India telah memainkan peran yang cukup besar di wilayah Doklam -La yang berbatasan dengan Bhutan dan Tiongkok dalam perannya dalam campur tangan Tiongkok yang tidak semestinya terhadap negara kecil namun bersahabat dengan India yaitu Bhutan. India berupaya melibatkan diri di seluruh dunia dengan berbagai doktrinnya yang beralih dari kebijakan luar negeri sosialis Nehruvian. Doktrin utamanya adalah "Look East - South East Asian Countries", Look West "West Asia" dan kemudian "Connect Central Asia" yang baru dibentuk. Terlepas dari semua doktrin ini, terdapat juga pentingnya hubungan India dengan negara-negara besar seperti AS, Rusia, Perancis, Jerman, UE, Jepang dan juga forum multilateral seperti UE, BRICS, IBSA, RIC, G-20, MTCR, dll. India telah berupaya untuk mengolah wilayah Asia Tengah yang memiliki hubungan historis dengan India melalui kesultanan Delhi dan kerajaan Mughal yang awalnya merupakan orang-orang asal Turki yang datang dari Uzbekistan (Bukhara dan Samarkand). Perdagangan juga berkembang pesat dengan wilayah ini sejak lama. Namun, hubungan yang signifikan dengan kawasan ini mulai terlihat setelah terbentuknya negara-negara dari Uni Soviet dan juga India yang bergabung dengan Organisasi Kerjasama Shanghai yang menghubungkan India dengan Asia Tengah di mana Pakistan juga menjadi anggotanya.

India telah menjalin banyak hubungan strategis terutama dalam hal pertahanan dan keterlibatan perdagangan. Keterlibatan strategis pertama India dengan Perancis tentu saja berkembang menjadi hubungan yang bermakna. Tidaklah tidak adil untuk mengatakan bahwa pemeliharaan hubungan ini tidak kalah pentingnya dengan Inggris. Jerman juga telah menjadi mitra yang sangat penting bagi India dalam kesepakatan terkait energi bersih, ilmu pengetahuan, pendidikan serta infrastruktur, kerja sama korporasi dan pertahanan. Negara-negara penting lainnya dari Eropa termasuk Italia yang memiliki hubungan persahabatan dengan India kecuali yang menjengkelkan dengan Angkatan Laut Italia yang membunuh dua nelayan di Kerala yang mencairkan hubungan tersebut. Namun, kunjungan perdana menteri Italia baru-baru ini dan tahun depan yang menandai 75 tahun hubungan diplomatik merupakan sebuah langkah maju yang signifikan. Selain itu, kunjungan kepemimpinan India baru-baru ini ke Spanyol dan Portugal, selain kunjungan keluarga Kerajaan Belgia, jelas merupakan langkah penting bagi keterlibatan India-Eropa. Selain itu, keterlibatan Swedia secara signifikan dalam program Make in India dan Estonia yang menyambut wirausaha muda India melalui program tempat tinggal digital memberikan gambaran yang bagus tentang pertumbuhan jejak India di Eropa. Belum lagi keterlibatan India yang pesat dengan negara-negara berkembang lainnya di Eropa seperti Polandia, tempat wakil presiden baru-baru ini berkunjung dan keduanya menantikan hubungan yang menarik. Aspek soft power dalam film-film Hindi, yoga dan rempah-rempah selain dari masakan India di restoran-restoran India telah didokumentasikan tanpa henti dalam alat penting India untuk keterlibatan Eropa. Hal terkini dalam hubungan India dengan Eropa adalah melakukan negosiasi ulang mengenai Perjanjian Perdagangan Bebas yang akan memecahkan kebuntuan "Kemitraan

Strategis" yang telah berlangsung selama lebih dari satu dekade. India-UE telah menjalin kerja sama yang signifikan di bidang pendidikan, kebudayaan, ilmu pengetahuan, namun gagal dalam kerja sama keamanan di Kawasan Samudera Hindia dan Eurasia di mana Rusia, Tiongkok, dan Amerika Serikat berperan.

India dalam hal keterlibatannya dengan Rusia memiliki hubungan yang sangat signifikan sejak perang dingin. Keterlibatan dengan Uni Soviet yang didukung oleh kecenderungan sosialis Nehru dan pertukaran budaya selain hubungan ekonomi dan pertahanan yang mendalam membentuk nasib India yang baru terbentuk. Rusia yang keluar dari Uni Soviet setelah runtuhnya unit sosialis yang sangat besar juga berinteraksi dengan India sebagai mitra strategis baru tidak hanya secara bilateral tetapi juga di bawah BRICS dan RIC (Rusia, India dan Tiongkok). India dalam hal keterlibatan pertahanan terlambat meskipun telah beralih dari ketergantungan pada Rusia ke teman barunya meskipun belum diuji secara signifikan hubungannya dengan AS dan mengikuti Israel secara dekat. Perubahan kepemimpinan di India dan Amerika Serikat tidak menjadi penghalang bagi kesinambungan persahabatan antara India dan Amerika. Meskipun kebijakan Trump yang bimbang merupakan sesuatu yang harus diwaspadai oleh India, melalui kunjungan Menteri Pertahanan ke India baru-baru ini tampaknya meyakinkan India sebagai pemain kunci AS dalam rencana porosnya ke Asia yang juga menghubungkan Jepang dan Australia untuk menyelesaikan permasalahan tersebut. Namun, kini beralih ke hubungan India dengan sekutu dekat AS dalam bentuk Israel telah mengambil langkah maju yang signifikan dengan kunjungan perdana Menteri India Narendra Modi ke Israel yang merupakan kunjungan resmi pertama kepala negara India telah merusak hubungan tersebut. ke tingkat yang baru. Namun di sini India telah memainkan permainan diplomatik dengan hati-hati dan lebih bijaksana di bawah pemeliharaan "politik nyata" dan membangun kemitraan strategis dengan negara-negara GCC, termasuk UEA, Oman, Arab Saudi, dan Qatar. India juga menghindari konflik antara Qatar dan Arab Saudi, serta konflik dengan Iran dan Yaman, meskipun India terus memberikan bantuan ke Yaman dan berinvestasi di Iran seperti disebutkan sebelumnya.

Kunjungan Perdana Menteri India ke Australia dan kunjungan balasannya selain kunjungan mantan Perdana Menteri Selandia Baru selain India menjadi tuan rumah konferensi negara-negara berkembang Kepulauan Kecil juga mendorong pendanaan untuk pembangunan infrastruktur menunjukkan semakin besarnya keinginan India untuk terlibat di Asia-Pasifik. Namun, kekuatan Jepang yang lebih besar di Asia-Pasifik telah meningkatkan hubungan budaya yang erat dan signifikan dengan India dalam hal investasi ekonomi dan pembangunan infrastruktur. India juga telah menggunakan kebijakan "Melihat ke Timur" untuk terhubung dengan negara-negara ASEAN dan mewujudkannya dengan menyelenggarakan festival musik yang melibatkan pemuda negara ASEAN dan mengundang kepala negara ASEAN tahun depan untuk merayakan hari republik. Jumlah kepala negara terbanyak yang pernah hadir. Namun India perlu terlibat dengan semenanjung Korea, seperti Korea Selatan, dalam permainannya di Asia-Pasifik. Vietnam telah mendekati India untuk meminta peran India yang lebih signifikan dalam konflik laut Cina Selatan. Kunjungan perdana menteri India ke Filipina mendatang juga akan menjadi langkah signifikan bagi India untuk menjalin hubungan dengan ASEAN dan wilayah lain di Asia-Pasifik.

Saat ini, ketika beralih ke hubungan Amerika, penting untuk menyebutkan bahwa hubungan India dengan Turki merupakan sebuah peluang yang terlewatkan. Meskipun kunjungan Presiden Turki Erdogan baru-baru ini tampaknya menyulut api dalam hubungan yang umumnya dingin antara kedua negara besar ini. India telah memiliki hubungan serupa dengan Inggris selama dekade terakhir dan tampaknya ada kelemahan dalam hubungan tersebut meskipun memiliki sejarah penjajah dan terjajah. Meskipun tahun 2017 telah diperingati sebagai tahun India-Inggris dan MG motor ingin berinvestasi di India melalui program Make in India baru-baru ini. Selain Kanada, negara lain di Amerika yang memiliki komunitas India yang cukup besar juga merupakan negara yang menjalin hubungan dengan India berdasarkan perdagangan, pertukaran jasa, dan lebih banyak lagi pada aspek kerja sama yang lebih lunak.

Bagian paling penting yang terlewatkan dalam hubungan India dengan Amerika adalah sebagian besar dengan Amerika Latin termasuk negara-negara penting seperti Meksiko, Kuba, Brasil, dll. Meskipun kunjungan perdana menteri India ke Meksiko pada tahun 2015 dan sikap India menentang pengenaan AS terhadap Kuba baru-baru ini, terlepas dari keterlibatan aktifnya dengan Brasil di bawah BRICS dan IBSA, serta memiliki Afrika Selatan, telah memberikan manfaat. India juga telah mencoba untuk terlibat dengan negara-negara penting lainnya di Amerika Latin yang meliputi Argentina, Chili, Peru, dll. India telah menjalin hubungan yang berarti dengan Argentina dalam kerja sama ekonomi, namun kesenjangan dengan kepulauan Karibia dan negara-negara dengan Chile, Peru, Bolivia, Venezuela dll masih tetap ada. Jarak antara kedua kawasan di dunia telah dicoba dipenuhi melalui peningkatan keterlibatan India dengan MERCOSUR dan Aliansi Pasifik. Namun India tetap mempertahankan kekaguman budaya yang kuat melalui pengiriman pasukan budaya reguler dari India di bawah Dewan Kebudayaan India. Namun hubungan tersebut masih kurang memiliki kualitas yang dapat menghasilkan hubungan yang bermakna dalam membangun dinamika dunia yang terus berubah.

Di dunia yang terus berubah, India juga perlu lebih terlibat dalam upaya diplomasi, khususnya diplomasi publik. India tidak terlibat dalam konflik melawan ISIS dan tidak mengeluarkan retorika apa pun mengenai serangan kekerasan baru-baru ini di

Somalia. Tantangan India tetap ada pada Tiongkok dalam menciptakan "hubungan kooperatif" berdasarkan kerja sama dan kompetisi. Perjalanan India masih panjang dan dapat dianggap sebagai kekuatan besar dan kekuatan menengah berdasarkan proyeksi. Jalan ke depan bagi India akan penuh tantangan dalam mengatasi permasalahan internal, perjuangan dan perpecahan yang paling signifikan adalah Kashmir. Jangan lupa bahwa ada tantangan besar bagi India untuk memperbaiki situasi sosio-ekonomi jutaan orang yang hidup dalam keputusasaan di tengah masalah nepotisme, korupsi, dan buta huruf yang sudah berlangsung lama. Tidak ada keraguan bahwa semangat baru di India sedang dilihat dari dalam dan luar India dari aspek mayoritas melalui liputan media dan wacana populer tentang India. Namun perjalanan India masih panjang dan perlu memikirkan kebijakan luar negerinya dengan visi mengenai peran India yang semakin besar dalam menciptakan kesejahteraan tidak hanya bagi dirinya sendiri namun juga bagi negara yang mendampingi India di dunia yang terus berubah di abad ke -21 ini. Biarkan aspirasi peran India dalam urusan global terbang tinggi.

Dinamika kekuasaan & politik untuk aspirasi global: Apakah hal ini sesuai dengan branding India yang berkelanjutan?

Idenya adalah untuk memahami bagaimana India terbentuk sebagai sebuah negara. Gagasan tentang bangsa sulit untuk dipahami dan bagaimana gagasan tentang bagaimana India sebagai sebuah negara terbentuk. Gagasan inilah yang harus dicermati dan dipahami tentang bagaimana India sebagai sebuah negara bangsa berkembang. Dibutuhkan gagasan dari berbagai cendekiawan dan gagasan mereka tentang bagaimana negara India terbentuk selama berabad-abad. Makalah ini menggali pemahaman lebih dalam mengenai gagasan India yang masih dipupuk.

Perkenalan:

Apa yang mendorong gagasan India: Gagasan tentang kekuasaan dan politik di India dilintasi dengan gagasan tentang rakyat, kemiskinan, polusi, populasi & pengajaran. Gagasan bahwa India akan menjadi negara bangsa modern seiring dengan perjalanan waktu pasca kemerdekaan yang konon berasal dari rezim kolonial, tentu saja telah membuka lembaran baru dalam babak peradaban lama seperti India. India sebagai sebuah negara seharusnya merupakan negara bangsa yang sangat baru yang mengalami permasalahan khas dari negara yang baru terbentuk yang umumnya kita sebut sebagai Duniaisme Ketiga. Namun, gagasan dunia ketiga memiliki pendekatan yang begitu reduksionis dan dibahas secara klise sehingga secara pribadi artikel ini tidak ingin terjerumus ke dalam perangkap yang sama. Artikel ini membahas tentang memahami apa yang mendefinisikan India jika memiliki semangatnya sendiri. Suatu negara yang didirikan berdasarkan prinsip-prinsip konstitusi yang unik namun dalam suatu negara mempunyai kompleksitas yang beragam (*Fernandes, 2004)* . Ditambah lagi dengan buta huruf, sistem pendidikan yang rusak serta akuntabilitas politisi terhadap warga negara adalah masalah yang membara di negara kita. Namun, bukan berarti kita tidak mengetahui permasalahan yang ada. Tanggung jawabnya terletak pada menemukan solusi dan apakah masyarakat India siap menerima tanggung jawabnya untuk melakukan hal tersebut. Gagasan mengenai demokrasi di negara demokrasi dengan jumlah penduduk terbesar di dunia tentu saja menimbulkan banyak pertanyaan, namun terlepas dari semua itu, demokrasi tersebut tetap bertahan. Namun, bagaimana dengan parameter kualitas hidup, harapan lebih dari satu miliar orang yang menginginkan masyarakat yang bebas korupsi serta gagasan baru tentang masyarakat yang benar-benar demokratis yang belum tentu sesuai dengan standar barat mungkin merupakan hal yang nyata bagi masyarakat. rakyat India 70 tahun setelah kemerdekaan. Bapak konstitusi India yang menyusun pilar-pilar demokrasi India mempunyai pandangan jauh ke depan tentang apa yang dibutuhkan India. Terkait dengan persamaan untuk memasukkan keadilan terlebih dahulu ke dalam masyarakat untuk mencapai kemandirian sejati, gagasan reservasi pun dihadirkan. Skenario yang sama telah melambungkan gagasan politik bank suara meskipun demografi dan jangkauan manfaat reservasi belum sepenuhnya dipahami atau dijawab dari sudut pandang yang sangat skolastik. Kepedihan akibat perpecahan, gagasan keberagaman dan isu kemerdekaan India yang benar-benar menyentuh seluruh rakyat inilah yang mendorong gagasan kekuasaan dan politik di India. Ditambahkan di samping kata kunci adalah dinamika masyarakat India. Sebuah pertanyaan mengenai kemiskinan yang tidak dapat diduga yang harus dihilangkan melalui demokrasi yang sayangnya juga terkait dengan korupsi. Pemberitaan tentang moralitas India hanya akan tergaungkan jika dinamika negara ini benar-benar sejalan dengan harapan masyarakat. Berbeda dengan cerita-cerita lama tentang jalan berlubang, polusi, dan juga badan publik yang korup. Hal ini sekali lagi membawa pada dinamika akuntabilitas. India harus menjadikan demokrasi sebagai kekuatannya, bukan hambatannya, yang hanya akan muncul jika kebijakan terkait pendidikan, kesehatan, hukum, dan layanan sosial didasarkan pada gagasan tentang ekspektasi yang selalu berubah terhadap sifat dinamis negara kita.

Branding Bharat atau India melalui politik ekonomi: Gagasan tentang India yang bekerja di pundak begitu banyak pahlawan yang tidak dikenal, tidak dihargai, dan tanpa tanda jasa yang ada di mana-mana. Untuk memahami proyeksi kekuatan India, pertama-tama mari kita mulai dengan perdagangan. Gagasan tentang perdagangan adalah hal yang paling penting untuk dipahami dan apa pengaruhnya bagi ekonomi politik suatu negara. India saat ini berada di peringkat 7 besar negara dengan peringkat PDB yang turun antara 5 hingga 7 dan bertujuan untuk masuk ke dalam peringkat 3 teratas pada tahun 2025. Namun, pertanyaan yang paling penting adalah di mana India perlu memproyeksikan kekuatan ekonominya untuk melakukan branding dan bagaimana India mampu melakukannya. Mengenai pertanyaan mengenai lobi India di forum-forum internasional, sudah bukan rahasia lagi melainkan sudah menjadi fakta yang sudah mapan bahwa Perdana Menteri Modi pernah hadir di forum-forum internasional di tengah-tengah kampanyenya yang gencar agar India menjadikannya sebagai keputusan investasi. India telah mencapai pertumbuhan ekonomi tercepat di dunia, namun pertanyaan utama mengenai perdagangan India yang benar-benar menggerakkan perekonomian adalah yang paling penting. Bonus demografi India bisa menjadi masalah serius kecuali jika hal tersebut diubah menjadi angkatan kerja yang layak (***Khodabakhshi, 2011***). Situasi politik di India yang kini mencoba fokus pada pemberlakuan undang-undang baru di India terkait penguatan ekonomi politik. Hal ini termasuk undang-undang kebangkrutan yang baru diperkenalkan, reformasi undang-undang ketenagakerjaan yang akan mencoba mematahkan belenggu kelemahan ekonomi India yang sudah berlangsung lama. Sangat penting bagi perekonomian India untuk memiliki pandangan jauh ke depan yang perlu melibatkan pelatihan tenaga kerja muda di negara tersebut. Sayangnya India telah membangun pendidikan yang dikomersialkan dan menggunakan pendidikan sebagai pintu gerbang untuk keluar dari kemiskinan. India memiliki banyak insinyur dan ilmuwan, namun kualitas dan penelitiannya diperlukan untuk mencapai standar global. Hal ini membawa kita pada pertanyaan tentang Perusahaan Multinasional di India yang telah berinvestasi di India selain dari perusahaan dalam negeri, tetapi di mana. Pusat-pusat inovatif berbasis penelitian telah muncul seperti Airbus di Bangalore, perusahaan Tiongkok seperti [VIVO, OPPO, dll.] dan banyak lainnya. Namun, fokusnya harus pada upaya India untuk mendapatkan citranya sebagai negara holistik yang memiliki sumber daya terampil dan bukan sekadar tenaga kerja di negara-negara lain *(Harish, 2010)* . Gagasan mengenai pengumpulan dan pengumpulan tenaga kerja juga penting, namun jika dilengkapi dengan penggunaan revolusi industri modern yang dikenal dengan Revolusi Industri 4.0. Mesin pertumbuhan yang datang dari negara-negara berkembang didorong oleh Asia mulai dari Asia Timur, lalu berlanjut ke Asia Tenggara dan tentu saja China dan India sebagai dua raksasanya. Namun, India memiliki keunikan karena perekonomiannya yang berorientasi pada jasa telah mendorong negara ini dan memproyeksikan dirinya sebagai perekonomian yang sedang berkembang.

Namun untuk jangka waktu berapa lama? India telah mengalami siklus perlambatan ekonomi yang merupakan hal yang wajar, namun siklus investasi harus tetap terjadi. Dalam skenario ini unit perdagangan mikro di India yang merupakan bagian dari Usaha Kecil, Mikro, Menengah harus menjadi fokus investasi skala besar. Hal ini terjadi melalui Amazon, Uber, dll. Dengan fokus pada unit-unit ini karena hal ini juga sangat penting bagi aspirasi ekonomi India. India perlu mengembangkan gagasan mengenai nation branding agar dapat dimajukan, namun hal ini tidak mungkin dilakukan jika terdapat beberapa celah yang ada. Pertumbuhan ekonomi perlu meresap hingga ke lapisan bawah dan kualitas hidup. Pertanyaannya di sini adalah proyeksi kekuatan dalam hal politik dan kebijakannya. Politik India masih mengalami kesenjangan kasta yang merupakan fenomena sosio-ekonomi selama bertahun-tahun dan mungkin akan memakan banyak waktu untuk menyelaraskan kebijakan internal dengan proses yang berorientasi domestik dimana politik dan perebutan kekuasaan saling terkait. untuk pembangunan (*Mooij, 1998)* . Hal ini terlihat dari sudut pandang kebijakan perdagangan India termasuk investasi yang melindungi industri dalam negeri namun pada saat yang sama tidak menjadikannya kompetitif di pasar global kecuali teknologi informasi, farmasi, dan lain-lain. Situasi industri garmen dan tekstil di India merupakan bukti nyata bahwa politik peredaan sektor kecil dan menengah telah mengambil alih pemahaman gambaran yang lebih luas mengenai modernisasi kebijakan yang berorientasi ekspor. Oleh karena itu, sangat penting bagi pengambilan kebijakan India dalam hal ekonomi politik agar sejalan dengan aspirasi global. Perekonomian India tidak hanya adaptif dengan berbagai kompleksitas dan tantangan, namun politik di India masih terlihat bersifat pedesaan dan lebih regresif. Gagasan pengembangan keterampilan, penggunaan kecerdasan buatan serta pengembangan parameter ekonomi di India lebih merupakan politik yang berorientasi pada kebijakan di India. Mungkin ini saatnya untuk memahami bahwa retorika pemerintah atau tokoh masyarakat saja tidak akan berdampak besar bagi India *(Brass, 2004)* . Ekonomi politik India secara bertahap telah beralih dari pendekatan pedesaan ke perkotaan. Namun, ada beberapa lompatan yang menurut saya bersifat kuantum namun mungkin telah meninggalkan kesenjangan yang lebih dalam yang dapat berakibat fatal di masa depan. Oleh karena itu, gagasan ekonomi politik India mungkin terletak pada citra merek India yang tercipta dari kebutuhan politik India yang perlu diubah. Politik negara-negara tertentu seperti Benggala Barat dan Kerala memiliki model yang sangat berbasis agraris seiring dengan timbulnya parameter sosial ekonomi. Sedangkan Karnataka, Maharashtra, Punjab, Haryana, Rajasthan dan Gujarat memiliki kawasan industri yang dikelilingi oleh politik agraria dan kasta yang bahkan lebih rumit lagi. Oleh karena itu, gagasan ekonomi politik India beragam dimana masing-masing negara bagian memiliki agendanya masing-masing. Hal ini menjadi rumit dalam arti proyeksi kekuatan nasional secara keseluruhan dan dalam menciptakan gagasan universal tentang politik di India. Persoalan sejak masa kemerdekaan hingga saat ini didasari oleh pemahaman bahwa bagaimana bisa terjadi keseragaman melalui keunikan dalam keberagaman. Pemilu di India adalah contoh klasik bagaimana akar politik dan kekuasaan bermula dari perekonomian India. Hal ini membawa kita pada pertanyaan bahwa tindakan yang dilakukan lingkaran politik India sangat memprihatinkan terhadap pertumbuhan ekonomi India yang mempunyai cerita tersendiri.

Pertanyaan tentang keberlanjutan pertumbuhan di India: Di India, pertanyaan terbesarnya adalah adanya kesenjangan besar dalam distribusi kekayaan di India dan hal ini menimbulkan pertanyaan besar mengenai pemahaman tentang pertumbuhan. Pertumbuhan di India selama 70 tahun terakhir meskipun terdapat kesejahteraan konstitusional dan gagasan politik kemiskinan di India masih belum berhasil menyentuh inti kemiskinan kronis. Hal ini tidak berarti bahwa India tidak berhasil mengentaskan masyarakatnya dari kemiskinan, namun jumlah orang-orang tersebut sangat sedikit dan juga merupakan bagian dari segmen "kelas menengah" yang banyak digemari di India dan bukan masyarakat kelas atas termasuk kelas menengah atas. Kemiskinan di India telah ada sejak berabad-abad yang lalu dengan konsep materialistis namun ekonomi politik India kini memiliki bentuk hybrid *(Varshney, 2000)* . Salah satunya adalah politik kemiskinan perkotaan dimana masyarakat yang bermigrasi dari daerah pedesaan dan daerah tertinggal secara ekonomi di India. Tantangannya ada di sini karena hal ini terus berkembang selama periode waktu tertentu. Kota-kota yang terbebani dengan kemiskinan perkotaan di kawasan kumuh telah menjadi pertarungan politik yang juga membawa konsep marginalisasi, ghettoisasi serta prasangka kasta *(Aghion dan Bolton, 1997)*. Di sinilah gagasan pertumbuhan di India mungkin perlu diubah menjadi pembangunan kehidupan manusia di tengah tantangan perekonomian India dan sudut pandang politik yang terkait dengannya. Kemudian muncul pertanyaan mengenai tantangan perkotaan itu sendiri terkait dengan aspirasi gaya hidup berkualitas. Kota-kota di India selalu menjadi yang terdepan dalam kebakaran karena kurangnya tindakan pencegahan keselamatan, banjir akibat hujan karena masalah drainase dan yang paling penting adalah lalu lintas dan kemacetan di kota-kota di India yang terkenal buruk. Isu-isu ini telah diangkat tetapi tidak menjadi arus utama politik. Namun, ini adalah parameter kualitas yang sangat penting untuk menjadikan negara ini sebagai negara yang mengalami kemajuan serius dalam hal kualitas dan standar pembangunan. Pola pikir feodal di sebagian besar politik India perlu diubah lebih cepat. Meskipun politik kemiskinan tetap konstan, makna dan aspirasinya telah berubah, mulai dari Roti, Kapda aur Makaan (Makanan, Pakaian dan Tempat Tinggal) hingga Pendidikan, pengembangan keterampilan dan yang paling penting adalah persoalan ketenagakerjaan di India yang menjadi fokus utama saat ini. Namun politik India dan aspirasinya untuk meraih kekuatan global tidak lengkap tanpa gambaran yang lebih besar mengenai perekonomian pedesaan. Sebuah negara yang mengalami urbanisasi dengan cepat namun masih memiliki ekonomi agraris dan masyarakat di pedesaan masih terbebani dengan permasalahan kasta yang mengakar, kualitas hidup yang rendah (tidak terkecuali minimalis atau bahkan konsumerisme yang meningkat) namun mencakup akses terhadap aspek-aspek dasar untuk kehidupan yang berkualitas seperti kesehatan, listrik dan pendidikan. Perekonomian India kini mencoba untuk bergerak ke arah baru yang mencakup politik dan kebijakan untuk memonetisasi ulang India melalui demonetisasi serta digitalisasi perekonomian India. Yang terpenting meskipun gagasan akses rekening bank ke seluruh penduduk dikritik adalah sebuah langkah besar juga. Perekonomian India telah mengalami kemajuan pesat dalam hal pemahaman pencapaian negara kesejahteraan sebagaimana diabadikan dalam konstitusi India. Tentu saja banyak tantangan terkait distribusi pelayanan publik yang bersifat last mile yang dirusak oleh korupsi dan struktur kekuasaan yang masih bersifat feodal. Sistem masa kolonial British Raj lebih banyak berubah menjadi Hibridisasi Oriental-Occidental bagi India dan sistem ekonomi politiknya *(Tilak, 2007)*. Sistem kasta dan gagasan satu ukuran di India cocok untuk semua karena pusat kekuasaan keuangan meskipun memiliki dewan negara bagian perlu diperbaiki. India mungkin bercita-cita untuk mengambil peran global, namun beberapa indikator di beberapa negara bagiannya suram bahkan jika dibandingkan dengan Afrika Sub Sahara. Gagasan agar negara-negara bagian ini diintegrasikan ke dalam pusat serta memberikan otonomi dan akuntabilitas keuangan publik kepada mereka sangatlah penting. Negara-negara seperti Bihar, Uttar-Pradesh memiliki lobi kekuasaan yang besar yang datang dari strata kasta dimana fasilitas dasar dan martabat manusia untuk kasta yang lebih rendah masih dipertanyakan. Meskipun India masih relatif tenang setelah mengalami disparitas pendapatan yang sangat besar, hal ini mungkin merupakan suatu kejutan karena fakta bahwa katup pengaman demokratis masih dianggap penting *(Demetriades dan Luintel, 1996)*. Namun, berbicara tentang ekonomi politik India dan masalah sosio-ekonomi India yang terpinggirkan, Naxalisme, regionalisme yang terkait dengan kemakmuran ekonomi dan pengendalian migrasi antar negara di India adalah beberapa tantangan yang sangat berat. Politik India berkisar pada isu-isu ini sampai pada tingkat penyaringan yang hampir tidak mencapai politik tingkat nasional. Di bidang nasional selama beberapa tahun terakhir, perombakan kebijakan pertanian, reformasi undang-undang industri dan ketenagakerjaan, kepatuhan pajak dan pengurangan aset bermasalah serta penganggaran pertahanan telah menjadi pusat perhatian dalam politik India. Hal ini merupakan elemen inti dalam penyusunan kebijakan ekonomi dalam negeri suatu negara baik dari sudut pandang mikro maupun makro. Namun, permasalahan yang mengakar dalam bidang pendidikan, pengembangan keterampilan, infrastruktur pelayanan kesehatan dan peningkatan fasilitas umum tampaknya menjadi kacau karena semua faktor tersebut digabungkan. India memiliki PDB yang sangat rendah yang dibelanjakan untuk Pendidikan dan Kesehatan bahkan di antara negara-negara BRICS. Hal ini sangat disayangkan meskipun telah menunjukkan perbaikan dalam beberapa indikator kesehatan namun masih tertinggal dalam banyak bidang kesehatan lainnya *(Bosworth dan Collins, 2008)* . Kurangnya dokter, angka kematian anak-anak, dll. Tampaknya tidak pernah menjadi pusat perhatian politik arus utama India yang hanya terjebak di tingkat sub-negara bagian dan hanya dapat dibawa ke tingkat negara bagian. Visi politik India terkait perekonomiannya untuk abad ini dan masa mendatang perlu didasarkan pada reformasi struktural yang selanjutnya akan dibahas dalam artikel ini. Tujuannya adalah untuk memahami visi dan misi perekonomian India dalam waktu dekat dengan gagasan reformasi struktural melalui kerangka politik yang diupayakan.

Menganalisis lanskap politik dan reformasi yang diperlukan untuk pencitraan merek India yang berkelanjutan

Gagasan tentang struktur politik di India penting untuk memahami sistem yang berkaitan dengan struktur kekuasaan. Sesuai dengan judul makalahnya, gagasan politik saling terkait dengan struktur kekuasaan. Aspirasi global India terletak pada

penerimaan global terhadap tatanan demokrasinya, namun hal ini menimbulkan beberapa pertanyaan. Gagasan politik di India mempunyai kaitan langsung dengan persoalan marginalisasi dan struktur kekuasaan hierarkis di India yang masih mendominasi mesin politik *(Bose dan Jalal, 2009)*. Ide mengenai politik di India nampaknya merupakan campuran dari hibridisasi dunia Timur dan Barat, namun tidak ada satupun yang terbentuk dengan baik. Konsep ekonomi Raj Inggris yang menghasilkan skenario ekonomi politik yang aneh di India terus berlanjut hingga saat ini dengan sistem feodal Raj pra-Inggris di India yang berubah menjadi sistem politik yang diadaptasi dari India barat. Masalah agama, pembagian kasta yang menjadi landasan politik India memiliki banyak struktur kekuasaan yang mengedepankan masyarakat India dalam hal politiknya dan begitulah gambaran India muncul selama kurun waktu tertentu.
. Memang benar bahwa politik India dibentuk berdasarkan demokrasi, tetapi peresapan politik di India berasal dari struktur kasta dan agama. Kekuasaan dan politik di India juga mendorong gagasan bisnis. Bisnis di India sebagian besar berbasis keluarga dengan pengusaha pemula tertentu yang telah meruntuhkan hambatan sistem politik India. Belakangan ini memang benar bahwa hubungan politik dan birokrasi di India yang merupakan struktur kekuasaan paling kuat di India tampaknya menjadi titik fokus utama politik di India (*Jenkins, Kennedy dan Mukhopadhyay 2012*). India merupakan sebuah gagasan yang memiliki beberapa poin politis

dengan dinamika sekularisme yang tidak sejalan dengan realitas utama dimana tradisi sejarah India telah dibangun selama kurun waktu dua milenium. Memang benar bahwa India kini telah menggambarkan sebuah negara sesuai dengan tradisi barat yang telah diterapkan dan diadopsi selama 70 tahun terakhir. Gagasan tentang India telah berkembang dan begitu pula politiknya selama beberapa waktu. Namun, prinsip dasar politik selama ini berkisar pada regionalisme serta kasta dan agama. Yang terbaru baru saja bermetamorfosis dalam bentuk NRC (National Registry of Citizens) yang jauh dari politik kuno Ayodhya atau sektarianisme Muslim. Belum lagi pemberontakan Naxal yang terpinggirkan dan penuh kekerasan di sabuk merah India yang membentang di seluruh negeri serta gerakan politik pemisahan diri India dalam skala yang lebih besar yang mendorong politik India. Misi 70 tahun lebih branding India sebagian besar berasal dari hiruk pikuk politik India *(Mukerjee, 2007)* . Kaleidoskop politik Indialah yang menentukan pendekatan bagaimana India perlu memandang dirinya dari sudut pandang politik demokratis.

Mendorong gagasan branding India melalui wisata medis

Ide branding di India telah dilintasi dengan ide tentang manusia, kemiskinan, polusi, populasi & pemberitaan moral. Gagasan bahwa India akan menjadi negara bangsa modern seiring dengan perjalanan waktu pasca kemerdekaan yang konon berasal dari rezim kolonial, tentu saja telah membuka lembaran baru dalam babak peradaban lama seperti India. India sebagai negara seharusnya merupakan negara bangsa yang sangat baru yang menderita permasalahan khas negara yang baru terbentuk di bawah sistem negara bangsa yang umumnya kita sebut sebagai Dunia Ketiga. Suatu negara yang didirikan berdasarkan prinsip-prinsip konstitusi yang unik namun dalam suatu negara mempunyai kompleksitas yang beragam (*Fernandes, 2004)* . Namun, gagasan dunia ketiga ini pendekatannya begitu reduksionis dan dibahas secara klise sehingga secara pribadi bab terkait wisata medis ini tidak mau terjerumus ke dalam perangkap yang sama. Bab ini membahas tentang memahami apa yang mendefinisikan India jika ia memiliki semangatnya sendiri. Suatu negara yang didirikan berdasarkan prinsip-prinsip konstitusi yang unik namun dalam suatu negara mempunyai kompleksitas yang beragam. Ditambah lagi dengan buta huruf, sistem pendidikan yang rusak serta akuntabilitas politisi terhadap warga negara adalah masalah yang membara di negara kita. Namun, bukan berarti kita tidak mengetahui permasalahan yang ada. Tanggung jawabnya adalah memahami titik terang dan apakah masyarakat India siap menerima tanggung jawabnya untuk melakukan hal tersebut. Gagasan wisata medis murah di negara demokrasi dengan jumlah penduduk terbesar di dunia ini tentu saja menimbulkan banyak pertanyaan, namun terlepas dari semua pertanyaan dan tantangan tersebut, gagasan tersebut tetap bertahan. Namun, bagaimana dengan parameter kualitas perawatan medis, harapan miliaran orang yang menginginkan masyarakat yang bebas korupsi serta gagasan baru mengenai praktik medis yang benar-benar unik namun belum tentu sesuai dengan standar barat mungkin merupakan hal yang nyata. untuk rakyat India 70 tahun setelah kemerdekaan. Bapak konstitusi India yang menyusun pilar-pilar demokrasi India mempunyai pandangan jauh ke depan tentang apa yang dibutuhkan India. Terkait dengan persamaan untuk memasukkan keadilan terlebih dahulu ke dalam masyarakat untuk mencapai kemandirian sejati, gagasan reservasi pun dihadirkan. Skenario yang sama telah melambungkan gagasan politik bank suara meskipun demografi dan jangkauan manfaat reservasi belum sepenuhnya dipahami atau dijawab dari sudut pandang yang sangat skolastik. Kepedihan akibat perpecahan, gagasan keberagaman dan isu kemerdekaan India yang benar-benar menyentuh seluruh rakyat inilah yang mendorong gagasan kekuasaan dan politik di India. Ditambahkan di samping kata kunci adalah dinamika masyarakat India. Namun, bab ini membahas tentang branding India melalui wisata medis. Sebuah pertanyaan mengenai kemiskinan yang tidak dapat diduga yang harus dihilangkan melalui demokrasi yang sayangnya juga terkait dengan korupsi. Di tengah semua ini, meskipun India memiliki tantangan dalam sistem kesehatannya, namun ia muncul sebagai negara tujuan yang secara paradoks juga memiliki beberapa pusat kesehatan terbaik di dunia dengan biaya yang jauh lebih murah dibandingkan negara barat. Pemberitaan tentang tegaknya moral India hanya akan terwujud ketika dinamika negara ini benar-benar sejalan dengan harapan masyarakat. Berbeda dengan cerita-cerita lama tentang jalan berlubang, polusi, dan juga badan publik yang korup. Hal ini sekali lagi mencerminkan dinamika akuntabilitas dan gagasan tentang kedudukan unik mereka melalui pariwisata medis. India telah memanfaatkan kekuatannya melalui praktik-praktik medis yang unik serta kumpulan medisnya yang berbakat di sektor kesehatan swasta yang sebagian besar menghadapi semua hambatan yang semakin besar dengan kebijakan yang berkaitan dengan pariwisata medis termasuk infrastruktur kesehatan, hukum dan layanan sosial berdasarkan pada sebuah ide. ekspektasi yang selalu berubah terhadap sifat dinamis zaman kita. Bonus demografi India bisa menjadi masalah serius kecuali jika hal tersebut diubah menjadi angkatan kerja yang layak (*Khodabakhshi, 2011*).

Gagasan tentang India yang bekerja di pundak begitu banyak pahlawan yang tidak dikenal, tidak dihargai, dan tanpa tanda jasa yang ada di mana-mana. Untuk memahami proyeksi kekuatan India, pertama-tama mari kita mulai dengan perdagangan. Gagasan tentang perdagangan adalah hal yang paling penting untuk dipahami dan apa pengaruhnya bagi ekonomi politik suatu negara. India saat ini berada di peringkat 7 besar negara dengan peringkat PDB yang turun antara 5 hingga 7 dan menargetkan untuk masuk dalam peringkat 3 teratas pada tahun 2025-2030.

Namun, pertanyaan yang paling penting adalah di mana India perlu memproyeksikan kekuatan ekonominya dan bagaimana India mampu mewujudkannya. Mengenai pertanyaan mengenai lobi India di forum-forum internasional, sudah bukan rahasia lagi melainkan sudah menjadi fakta yang sudah mapan bahwa Perdana Menteri Modi pernah hadir di forum-forum internasional di tengah-tengah kampanyenya yang gencar agar India menjadikannya sebagai keputusan investasi. India telah mencapai pertumbuhan ekonomi tercepat di dunia, namun pertanyaan utama mengenai perdagangan India yang benar-benar menggerakkan perekonomian adalah hal yang paling penting. Keuntungan pariwisata medis di India dapat menjadi potensi besar yang dapat diubah menjadi tenaga kerja yang layak. Namun, fokusnya harus pada upaya India untuk mendapatkan citranya sebagai negara holistik yang memiliki sumber daya terampil dan bukan sekadar tenaga kerja di negara-negara lain *(Harish, 2010)* . Situasi politik di India yang kini mencoba fokus pada pemberlakuan undang-undang baru di India terkait penguatan ekonomi politik. Hal ini termasuk undang-undang kebangkrutan yang baru diperkenalkan, reformasi undang-undang ketenagakerjaan yang akan mencoba mematahkan belenggu kelemahan ekonomi India yang sudah berlangsung lama. Namun, sangat penting bagi perekonomian India untuk memiliki pandangan jauh ke depan yang perlu melibatkan keterampilan industri pariwisata medis di negara tersebut. Berbicara tentang wisata medis di India, India menerima jumlah pasien terbanyak dari negara tetangga seperti Bangladesh, Srilanka bahkan negara barat seperti Inggris. Sayangnya India telah membangun pendidikan yang dikomersialkan dan menggunakan pendidikan sebagai pintu gerbang untuk keluar dari kemiskinan. India memiliki banyak insinyur dan ilmuwan, namun kualitas dan penelitian yang diperlukan untuk standar pengobatan global juga sedang dicapai. Hal ini membawa kita pada pertanyaan tentang Perusahaan Multinasional di India yang telah berinvestasi di India selain dari perusahaan dalam negeri, tetapi di mana. Pusat-pusat inovatif berbasis penelitian telah muncul seperti Airbus di Bangalore, perusahaan Tiongkok seperti [VIVO, OPPO, dll.] dan banyak lainnya. Namun, fokusnya harus pada upaya India untuk mendapatkan citranya sebagai negara holistik yang memiliki sumber daya terampil dan bukan sekadar tenaga kerja di negara-negara lain. Wisata medis di daerah khususnya Kerala dengan Ayurvedanya telah menjangkau seluruh dunia. Bintang sepak bola seperti Neymar Jr. juga datang ke Kerala untuk perawatan setelah cedera yang mengancam nyawanya di piala dunia FIFA. Gagasan tentang India hanya sebagai kumpulan dan kumpulan tenaga kerja juga penting, tetapi jika dilengkapi dengan penggunaan revolusi industri modern yang dikenal sebagai Revolusi Industri 4.0. Mesin pertumbuhan yang datang dari negara-negara berkembang didorong oleh Asia mulai dari Asia Timur, lalu berlanjut ke Asia Tenggara dan tentu saja China dan India sebagai dua raksasanya. Namun,

India memiliki keunikan karena perekonomiannya yang berorientasi pada jasa telah mendorong negara ini dan memproyeksikan dirinya sebagai perekonomian yang sedang berkembang. Namun untuk jangka waktu berapa lama? Politik India masih mengalami kesenjangan kasta yang merupakan fenomena sosio-ekonomi selama bertahun-tahun dan mungkin akan memakan banyak waktu untuk menyelaraskan kebijakan internal dengan proses yang berorientasi domestik dimana politik dan perebutan kekuasaan saling terkait. untuk pembangunan *(Mooij, 1998)* . Di sinilah India mengalami siklus perlambatan ekonomi yang merupakan hal yang wajar namun siklus investasi harus tetap terjadi. Dalam skenario ini unit perdagangan mikro di India yang merupakan bagian dari Usaha Kecil, Mikro, Menengah harus menjadi fokus investasi skala besar. Namun tidak hanya pariwisata medis sebagai sebuah industri yang dapat masuk ke dalam sektor investasi besar yang tidak dapat diabaikan. Khususnya untuk branding India sebagai tujuan investasi utama. Hal ini terjadi melalui Amazon, Uber, dan lain-lain yang berfokus pada investasi pada unit penelitian karena hal ini juga sangat penting bagi aspirasi perekonomian India. India perlu mengembangkan gagasan mengenai nation branding agar dapat dimajukan, namun hal ini tidak mungkin dilakukan jika terdapat beberapa celah yang ada. Pertumbuhan ekonomi perlu meresap hingga ke lapisan bawah dan kualitas hidup. Pertanyaannya di sini adalah proyeksi kekuatan dalam hal politik dan kebijakannya. Karena bab ini berkaitan dengan wisata medis, maka memahami dinamikanya adalah penting dan multidimensi. Politik India masih mengalami kesenjangan kasta yang merupakan fenomena sosio-ekonomi selama bertahun-tahun dan mungkin akan memakan banyak waktu untuk menyelaraskan kebijakan internal dengan proses yang berorientasi domestik dimana politik dan perebutan kekuasaan saling terkait. untuk pengembangan. Hal ini terlihat dari sudut pandang kebijakan perdagangan India termasuk investasi yang melindungi industri dalam negeri namun pada saat yang sama tidak menjadikannya kompetitif di pasar global kecuali teknologi informasi, farmasi, dan lain-lain. Situasi industri garmen dan tekstil di India merupakan bukti nyata bahwa politik peredaan sektor kecil dan menengah telah mengambil alih pemahaman gambaran yang lebih luas mengenai modernisasi kebijakan yang berorientasi ekspor. Oleh karena itu, sangat penting bagi pengambilan kebijakan India dalam hal ekonomi politik agar sejalan dengan aspirasi global. Perekonomian India tidak hanya adaptif dengan berbagai kompleksitas dan tantangan, namun politik di India masih terlihat bersifat pedesaan dan lebih regresif. Gagasan pengembangan keterampilan, penggunaan kecerdasan buatan serta pengembangan parameter ekonomi di India lebih merupakan politik yang berorientasi pada kebijakan di India. Mungkin ini saatnya untuk memahami bahwa retorika pemerintah atau tokoh masyarakat saja tidak akan berdampak besar bagi India. Mungkin ini saatnya untuk memahami bahwa retorika pemerintah atau tokoh masyarakat saja tidak akan berdampak besar bagi India *(Brass, 2004)* . Ekonomi politik India secara bertahap telah beralih dari pendekatan pedesaan ke perkotaan. Namun, terdapat beberapa lompatan yang mungkin tampak bersifat kuantum namun mungkin telah meninggalkan kesenjangan yang lebih dalam yang dapat berakibat fatal di masa depan. Oleh karena itu, gagasan ekonomi politik India mungkin terletak pada citra merek India yang tercipta dari kebutuhan politik India yang perlu diubah. Politik negara-negara tertentu seperti Benggala Barat dan Kerala memiliki model yang sangat berbasis agraris seiring dengan timbulnya parameter sosial ekonomi. Namun, negara-negara tersebut adalah negara-negara yang menerima banyak pasien medis dari Bangladesh dan negara-negara Teluk. Sedangkan Karnataka, Maharashtra, Punjab, Haryana, Rajasthan dan Gujarat memiliki kawasan industri yang dikelilingi oleh politik agraria dan kasta yang bahkan lebih rumit lagi. Namun, tempat-tempat ini juga telah mengembangkan institusi medis swasta kelas dunia. Oleh karena itu, gagasan ekonomi politik India beragam dimana masing-masing negara bagian memiliki agendanya masing-masing. Hal ini menjadi rumit dalam hal proyeksi kekuatan nasional secara keseluruhan dan untuk menciptakan gagasan universal tentang kebijakan branding pariwisata medis di India. Persoalan sejak masa kemerdekaan hingga saat ini didasari oleh pemahaman bahwa bagaimana bisa terjadi keseragaman melalui keunikan dalam keberagaman. Kemiskinan di India telah ada selama berabad-abad dengan konsep materialistis namun ekonomi politik India kini memiliki bentuk hybrid *(Varshney, 2000)*. Pemilu di India adalah contoh klasik bagaimana akar politik dan kekuasaan bermula dari perekonomian India. Hal ini membawa kita pada pertanyaan mengenai bagaimana lingkaran politik India yang menganggap pertumbuhan ekonomi India sebagai sebuah cerita tersendiri, namun dapat dihubungkan dengan ceruk pariwisata medis yang berkembang di India pada waktunya.

Pertanyaan tentang keberlanjutan pertumbuhan di India: Di India, pertanyaan terbesarnya adalah adanya kesenjangan besar dalam distribusi kekayaan di India dan hal ini tentunya menimbulkan pertanyaan besar mengenai pemahaman tentang pertumbuhan. Pertumbuhan di India selama 70 tahun terakhir meskipun terdapat kesejahteraan konstitusional dan gagasan politik kemiskinan di India masih belum berhasil menyentuh inti kemiskinan kronis. Hal ini tidak berarti bahwa India tidak berhasil mengentaskan masyarakatnya dari kemiskinan, namun jumlah orang-orang tersebut sangat sedikit dan juga merupakan bagian dari segmen "kelas menengah" yang banyak digemari di India dan bukan masyarakat kelas atas termasuk kelas menengah atas. Kemiskinan di India telah ada selama berabad-abad karena konsep materialistis, namun ekonomi politik India kini mempunyai bentuk yang hibrid. Kota-kota yang terbebani dengan kemiskinan perkotaan di kawasan kumuh telah menjadi pertarungan politik yang juga membawa konsep marginalisasi, ghettoisasi serta prasangka kasta *(Aghion dan Bolton, 1997)* . Salah satunya adalah politik kemiskinan perkotaan dimana masyarakat yang bermigrasi dari daerah pedesaan dan daerah tertinggal secara ekonomi di India. Tantangannya ada di sini karena hal ini terus berkembang selama periode waktu tertentu. Kota-kota yang terbebani dengan kemiskinan perkotaan di daerah kumuh telah menjadi pertarungan politik yang juga membawa konsep marginalisasi, ghettoisasi serta prasangka kasta. Di sinilah gagasan pertumbuhan di India mungkin perlu diubah menjadi pembangunan kehidupan manusia di tengah tantangan perekonomian India dan sudut pandang politik yang terkait dengannya. Namun seperti yang telah disebutkan, India memiliki struktur hibrida. Kemudian muncul pertanyaan mengenai tantangan perkotaan itu sendiri terkait dengan aspirasi gaya hidup berkualitas. Kota-kota di India selalu menjadi yang terdepan dalam kebakaran karena kurangnya tindakan pencegahan keselamatan, banjir akibat hujan karena masalah drainase dan yang paling penting adalah lalu lintas dan kemacetan di kota-kota di India yang terkenal buruk. Demikian pula, fasilitas kelas dunia seperti Narayana Hrudalaya dari Dr. Devi Shetty telah mengubah dinamika perawatan medis kelas dunia yang terjangkau. Masalah keterjangkauan layanan kesehatan tidak hanya di India namun juga secara global telah meningkat namun belum menjadi arus utama politik di India. Namun, ini adalah parameter kualitas yang sangat penting untuk menjadikan negara ini sebagai negara yang mengalami kemajuan serius dalam hal kualitas dan standar pembangunan. Sistem masa kolonial British Raj lebih banyak berubah menjadi Hibridisasi Oriental-Occidental bagi India dan sistem ekonomi politiknya *(Tilak, 2007)*. Pola pikir feodal di sebagian besar politik India perlu diubah lebih cepat. Meskipun politik kemiskinan tetap konstan, makna dan aspirasinya telah berubah, mulai dari Roti, Kapda aur Makaan (Makanan, Pakaian dan Tempat Tinggal) hingga Pendidikan, pengembangan keterampilan dan yang paling penting adalah persoalan ketenagakerjaan di India yang menjadi fokus utama saat ini. Namun politik India dan aspirasinya untuk meraih kekuatan global tidak lengkap tanpa gambaran yang lebih besar mengenai perekonomian pedesaan. Sebuah negara yang mengalami urbanisasi dengan cepat namun masih memiliki ekonomi agraris dan masyarakat di pedesaan masih terbebani dengan permasalahan kasta yang mengakar, kualitas hidup yang rendah (tidak terkecuali minimalis atau bahkan konsumerisme yang meningkat) namun mencakup akses terhadap aspek-aspek dasar untuk kehidupan yang berkualitas seperti kesehatan, listrik dan pendidikan. Perekonomian India kini mencoba untuk bergerak ke arah baru yang mencakup politik dan kebijakan untuk memonetisasi ulang India melalui demonetisasi serta digitalisasi perekonomian India. Yang terpenting meskipun gagasan akses rekening bank ke seluruh penduduk dikritik adalah sebuah langkah besar juga. Perekonomian India telah mengalami kemajuan pesat dalam hal pemahaman pencapaian negara kesejahteraan sebagaimana diabadikan dalam konstitusi India. Tentu saja banyak tantangan terkait distribusi pelayanan publik yang bersifat last mile yang dirusak oleh korupsi dan struktur kekuasaan yang masih bersifat feodal. Sistem masa kolonial British Raj lebih banyak berubah menjadi Hibridisasi Oriental-Occidental bagi India dan sistem ekonomi politiknya. Sistem kasta dan gagasan satu ukuran di India cocok untuk semua karena pusat kekuasaan keuangan meskipun memiliki dewan negara bagian perlu diperbaiki. India mungkin bercita-cita untuk mengambil peran global, namun beberapa indikator di beberapa negara bagiannya suram bahkan jika dibandingkan dengan Afrika Sub Sahara. Gagasan agar negara-negara bagian ini diintegrasikan ke dalam pusat serta memberikan otonomi dan akuntabilitas keuangan publik kepada mereka sangatlah penting. Negara-negara seperti Bihar, Uttar-Pradesh memiliki lobi kekuasaan yang besar yang datang dari strata kasta dimana fasilitas dasar dan martabat manusia untuk kasta yang lebih rendah masih dipertanyakan. Meskipun India masih relatif tenang setelah mengalami disparitas pendapatan yang sangat besar, hal ini mungkin merupakan suatu kejutan karena fakta bahwa katup pengaman demokratis masih dianggap penting *(Demettiades dan Luintel, 1996)*. Namun, berbicara tentang ekonomi politik India dan masalah sosio-ekonomi India yang terpinggirkan, Naxalisme, regionalisme yang terkait dengan kemakmuran ekonomi dan pengendalian migrasi antar negara di India adalah beberapa tantangan yang sangat berat.

Politik India berkisar pada isu-isu ini sampai pada tingkat penyaringan yang hampir tidak mencapai politik tingkat nasional. Di bidang nasional selama beberapa tahun terakhir, perombakan kebijakan pertanian, reformasi undang-undang industri dan ketenagakerjaan, kepatuhan pajak dan pengurangan aset bermasalah serta penganggaran pertahanan telah menjadi pusat perhatian dalam politik India. Hal ini merupakan elemen inti dalam penyusunan kebijakan ekonomi dalam negeri suatu negara baik dari sudut pandang mikro maupun makro. Namun, permasalahan yang mengakar dalam bidang pendidikan, pengembangan keterampilan, infrastruktur pelayanan kesehatan dan peningkatan fasilitas umum tampaknya menjadi kacau karena semua faktor tersebut digabungkan. India memiliki PDB yang sangat rendah yang dibelanjakan untuk Pendidikan dan Kesehatan bahkan di antara negara-negara BRICS. Hal ini sangat disayangkan meskipun telah menunjukkan perbaikan dalam beberapa indikator kesehatan namun masih tertinggal dalam banyak bidang kesehatan lainnya *(Bosworth dan Collins, 2008)* . Kurangnya dokter, angka kematian anak-anak, dll. Tampaknya tidak pernah menjadi pusat perhatian politik arus utama India yang hanya terjebak di tingkat sub-negara bagian dan hanya dapat dibawa ke tingkat negara bagian. Visi politik India terkait perekonomiannya untuk abad ini dan masa mendatang perlu didasarkan pada reformasi struktural yang selanjutnya akan dibahas dalam bab ini. Tujuannya adalah untuk memahami visi dan misi perekonomian India dalam waktu dekat melalui wisata medis.

Politik dan Kekuasaan terkait dengan pariwisata medis: Gagasan tentang struktur politik di India penting untuk memahami sistem yang terkait dengan struktur kekuasaan. Sesuai dengan judul makalahnya, gagasan wisata medis di India saling terkait dengan struktur kekuasaan dan politik. Aspirasi global India terletak pada penerimaan global atas tatanan demokrasi dan proyeksi kekuasaannya, namun hal ini menimbulkan beberapa pertanyaan di beberapa bidang seperti yang disebutkan di atas. Gagasan politik di India mempunyai kaitan langsung dengan persoalan marginalisasi dan struktur kekuasaan hierarkis di India yang masih mendominasi mesin politik *(Bose dan Jalal, 2009)*. Gagasan politik di India mempunyai kaitan langsung dengan persoalan marginalisasi dan struktur kekuasaan hierarkis di India yang masih mendominasi mesin politik. Ide mengenai politik di India nampaknya merupakan campuran dari hibridisasi dunia Timur dan Barat, namun tidak ada satupun yang terbentuk dengan baik. Konsep ekonomi Raj Inggris yang menghasilkan skenario ekonomi politik yang aneh di India terus berlanjut hingga saat ini dengan sistem feodal Raj pra-Inggris di India yang berubah menjadi sistem politik yang diadaptasi dari India-barat. Masalah agama, pembagian kasta yang menjadi landasan politik India memiliki banyak struktur kekuasaan yang mengedepankan masyarakat India dalam hal politiknya dan begitulah gambaran India muncul selama kurun waktu tertentu. . Memang benar bahwa politik India dibentuk berdasarkan demokrasi, tetapi peresapan politik di India berasal dari struktur kasta dan agama. Kekuasaan dan politik di India juga mendorong gagasan bisnis. Bisnis di India sebagian besar berbasis keluarga dengan pengusaha pemula tertentu yang telah meruntuhkan hambatan sistem politik India. Belakangan ini memang benar bahwa hubungan politik dan birokrasi di India yang merupakan struktur kekuasaan paling kuat di India nampaknya menjadi titik fokus utama politik di India. India merupakan sebuah gagasan yang memiliki beberapa poin politis dengan dinamika sekularisme yang tidak sejalan dengan realitas utama dimana tradisi sejarah India telah dibangun selama kurun waktu dua milenium. Memang benar bahwa India kini telah menggambarkan sebuah negara sesuai dengan tradisi barat yang telah diterapkan dan diadopsi selama 70 tahun terakhir. Gagasan tentang India telah berkembang dan begitu pula politiknya selama beberapa waktu. Namun, prinsip dasar politik selama ini berkisar pada regionalisme serta kasta dan agama. Yang terbaru baru saja bermetamorfosis dalam bentuk NRC (National Registry of Citizens) yang jauh dari politik kuno Ayodhya atau sektarianisme Muslim. Belakangan ini memang benar bahwa hubungan politik dan birokrasi di India yang merupakan struktur kekuasaan paling kuat di India tampaknya menjadi titik fokus utama politik di India *(Jenkins, Kennedy, dan Mukhopadhyay 2012)* . Belum lagi pemberontakan kaum Naxal yang terpinggirkan dan penuh kekerasan di sabuk merah India yang membentang dari bagian Tengah hingga Timur negara itu serta gerakan pemisahan diri di Kashmir dan bahkan Timur Laut melengkapi politik India dalam skala yang lebih besar. Inilah yang menggerakkan politik India dan memajukan struktur kekuasaan India terkait perekonomian dan kerangka sosial India hingga saat ini. Demikian pula halnya dengan wisata medis, sebuah hubungan antara fungsi politik dan struktur kekuasaan yang terkait dengan perantara/calo untuk masuk ke rumah sakit, akses bank darah, dan hingga saat ini merupakan bentuk tambahan dari wisata medis dalam bentuk ibu pengganti. Itulah sebabnya keseluruhan bab ini belum berfokus pada dinamika inti wisata medis. Bab ini telah beralih dari banyak perspektif yang mengabaikan gagasan inti pariwisata medis dan gagasan mengenai branding bangsa India. Hal ini karena India adalah satu-satunya negara yang memiliki akses terhadap infrastruktur kesehatan kelas dunia, namun seperti yang telah dijelaskan bahwa gagasan untuk mengakses layanan medis berkualitas melibatkan banyak struktur kekuasaan dan politik inti. India telah menggunakan wisata medis sebagai proyeksi soft power dan juga untuk memberi merek pada negaranya. Gagasan tentang faktor-faktor politik, ekonomi dan sosial telah dibahas untuk memberikan perspektif wisata medis dan keseluruhan faktor pendukungnya yang mengarah ke sana di India. Karena gagasan untuk mengasosiasikan pariwisata medis di India dan ekuitas mereknya ditentukan secara holistik. Misi 70 tahun lebih branding India sebagian besar berasal dari hiruk pikuk politik India *(Mukerjee, 2007)* .

India adalah wilayah yang sangat luas yang diklaim banyak orang telah ada di sana dalam kesadaran kolektif sebelum kita mendapatkan wilayah politik seperti yang kita kenal sekarang. Dengan cara ini India adalah anak yang lahir dari kaleidoskop budaya. Dalam hal ini India dapat disebut secara harfiah sebagai ibu dari semua peradaban dan di sini kita tidak hanya berbicara tentang peradaban Lembah Indus. Temuan baru-baru ini menunjukkan bahwa peradaban Dravida tertentu mendahului Lembah Indus. Dalam hal ini mari kita perjelas sejak awal bahwa kita mengatakan bahwa kita membawa rasa malu kolonial! Itu benar-benar sampah bagi saya. Saya mengatakan hal ini bukan sebagai seorang jingoisme yang buta, namun bahkan jika kita menerapkan pemahaman umum tentang India saat ini dan bagaimana India dilahirkan, kita akan mendapatkan tanggapan yang sama. India lahir bukan karena penjajahan melainkan akibat akhir penjajahan. Saat saya mulai menulis pernyataan pembuka buku ini, saya menyebutkan bahwa India merupakan lautan kolektif yang luas. Hal ini bahkan telah disebutkan oleh ulama lain ketika menulis tentang India. Ketika menyebut India sebagai ibu dari segala peradaban mungkin ada banyak orang yang mencoba menyerang saya dalam hal ini. Tunggu sebentar. Memang ada peradaban Sumeria dan Mesopotamia yang muncul berdampingan dengan gagasan kolektif masyarakat Babilonia selain tepian Sungai Tigris-Efrat yang konon lebih tua dari Lembah

Indus. Namun kemudian seperti yang saya sebutkan bahwa peradaban Dravida tertentu dari India Selatan sebagai wilayahnya menjadi jelas karena nama Dravida digunakan untuk merujuk bahwa itu pasti milik semenanjung India. Jadi kita tahu bahwa India mempunyai banyak sekali peradaban yang berkumpul dan juga menyimpang pada periode waktu yang sama di wilayah yang kita sebut India saat ini dan bahkan lebih jauh lagi. Hal ini umumnya tidak terjadi pada peradaban tua lainnya yang dibicarakan dalam sejarah dunia. Ini termasuk Cina, Mesir, Meso-Amerika dll. Banyak yang mengatakan bahwa pengaruh India memang ada di dunia namun tidak sebanyak di dunia jika dibandingkan dengan negara-negara seperti Perancis, Jerman, Italia, Spanyol dll. Saya pribadi mengagumi negara-negara Eropa, namun ketika menjawab pengaruh India di dunia, hal itu akan terjadi kemudian. Sebelum itu kita harus menjawab terlebih dahulu mengapa India begitu kacau dan anarki budaya dimana tidak ada tatanan budaya yang pasti tetapi pada kenyataannya, sebuah kaleidoskop budaya. Banyak sekali buku yang ditulis di India, di luar India tentang India yang membahas tentang bagaimana, mengapa, apa dan di mana definisi India. India secara sederhana dan singkat dapat dipahami dan dijelaskan sesuai keinginan masyarakat. Sifat India yang sangat cair inilah yang telah membentuk dan mengubah India saat ini dari masa lalu sejak jaman dahulu. Entah itu yang namanya Bharat, Jambudwipa, Indus atau India, sudah banyak sekali gelombang cambukan budaya yang melanda India dan juga kembali seperti lautan menahan sisa-sisa tertentu. Dengan cara ini, perpaduan antara penduduk asli dan mereka yang disebut imigran dari masa tanpa batas hingga dunia yang berbatasan saat ini merupakan evolusi yang berkesinambungan mengenai alasan dan cara India diciptakan. India adalah negara di mana begitu banyak budaya didirikan berdasarkan identitas linguistik. Ini adalah bagaimana negara bagian India terbentuk yang unik di dunia karena mungkin tidak ada tempat di dunia ini Anda akan menemukan negara bagian dalam suatu negara atau bangsa yang dibuat berdasarkan bahasa. Satu-satunya analoginya adalah negara-negara Eropa yang telah mengukir eksistensi kedaulatannya berdasarkan identitas linguistik dan kebanggaan. Berbicara tentang kebanggaan dan identitas linguistik, mari kita mulai dengan Bihar, sebuah negara bagian yang tidak disukai karena berbagai alasan dan di zaman modern ini diharapkan tidak menjadi bagian dari India. Namun, sejarah India tidak lengkap tanpa Bihar dan diskusi tentang masa lalunya yang gemilang. Bagaimana jika Bihar bukan bagian dari India?! Ini mungkin pertanyaan yang banyak ditanyakan oleh banyak orang India saat ini yang ingin menyingkirkan Bihar terutama karena negara tersebut sangat terbelakang dan tertinggal. Namun, pertanyaan sebenarnya adalah dari mana asal Bihar saat ini. Pemerintahan Chandragupta Maurya atau Kekaisaran Gupta semuanya didirikan di negara bagian Bihar seperti yang kita kenal sekarang. Asal usul Bihar dari 16 Mahajanapada hingga menjadi negara modern Bihar merupakan sebuah perjalanan yang cukup mengejutkan jika kita melihat sejarah India. Bihar saat ini adalah negara bagian yang terperosok dalam kontroversi dan banyak kesulitan terkait kemiskinan. Namun, jika melihat negara bagiannya, seseorang mungkin akan melupakan masa lalu negara bagian yang gemilang dan perannya dalam penciptaan warisan dan warisan budaya India. Pemerintahan Dinasti Maurya dan berdirinya salah satu universitas tertua di India berupa Nalanda, Taxila dan Vikramshila semuanya tertulis di sana dalam sejarah. Identitas India ketika kita ingin mengetahuinya selalu membawa kita pada pertanyaan bagaimana keadaan India selama ini. Dalam pertanyaan Bihar saat ini, ini hanyalah sebuah negara berbasis bahasa yang terpisah dari Bengal dan Odisha. Namun, dalam kaitannya dengan sejarah India, peran Bihar perlu ditelusuri melampaui kisah menyedihkan negara bagian saat ini. Para buruh migran asal Bihar sudah lama berada di sana, berpindah-pindah di dalam dan sekitar India serta luar negeri. Jadi saat ini keadaan Bihar dan pengaruh budayanya tidak dapat diukur hanya dari zaman modern saja. Perlu dipahami bagaimana Bihar telah berubah dan dampak pemerintahan kolonial khususnya Inggris yang mengubah suatu negara secara menyeluruh. Bihar dulunya berada di garis depan dalam bidang kebudayaan dan seni, namun saat ini tertinggal dalam indikator sosial modern. Hal ini perlu dihubungkan karena sistem politik Bihar telah gagal memenuhi harapan masyarakat. Ada beberapa sisa dari keburukan masa lalu yang mencakup sistem kasta dan mentalitas feodal. Namun, peran Bihar di masa lalu mencakup beberapa ahli matematika terhebat yang memiliki semangat penyelidikan. Meski timbul pertanyaan apa yang terjadi dengan negara bagian Bihar yang mulai runtuh. Jawabannya sebagaimana telah disebutkan di atas terletak pada sistem politik dan minimnya aliran pendidikan modern. Inilah faktor-faktor yang menyebabkan laju industrialisasi modern tidak sejalan dengan kebutuhan modern yang telah mendorong Bihar saat ini ke jurang keterbelakangan. Perlu diingat bahwa suatu aliran kebudayaan hanyalah salah satu titik pemahaman suatu negara. Hal yang sama juga berlaku pada bagaimana orang-orang dan cara mereka bekerja di masa depan. Bihar pernah menjadi tempat lahirnya persimpangan peradaban India di mana kerajaan-kerajaan besar dan warisan mereka yang tak terhitung dibangun. Padahal dekade-dekade sebelum kemerdekaan dan pasca-kemerdekaan telah terperosok dalam terciptanya sebuah negara yang terikat dengan mentalitas feodal dan tidak mampu memerintah dirinya sendiri berdasarkan prinsip-prinsip demokrasi meskipun bukan dari barat yang pernah hadir di negara itu sendiri. Masyarakat Bihar telah berjuang melawan kebencian di banyak wilayah di India namun juga dikagumi di banyak wilayah oleh banyak masyarakat India karena ketangguhan mereka. Di sinilah peran pendidikan dan proses pemikiran modern perlu ditonjolkan yang akhirnya hadir di Bihar setelah tahun-tahun yang penuh gejolak. Pemerintahan masa kini di Bihar telah menerapkan banyak kebijakan progresif meskipun seperti jiwa

India, praktik pedesaan dan tradisional belum sepenuhnya hilang dari negara. Jadi inilah contoh bagaimana India modern didasarkan pada anarki di zaman modern yang berakar pada masa lalu. Pertanyaannya bermuara pada pertanyaan tentang bagaimana budaya mendefinisikan masa kini. Sebagaimana contoh Bihar disebutkan sebagai contoh yang sama ketika kita melihat gambaran yang sangat besar, kita dapat memahami dengan baik bahwa orang Eropa hanyalah salah satu gelombang besar yang melakukan kontak dengan India sebelum India yang kita kenal sekarang seperti Mughal, Turki. , Mongol, Afghanistan dll. Melihat analogi Uni Eropa, kita dapat mendefinisikan saat ini bahwa India seperti halnya Uni Eropa adalah kumpulan identitas dan semboyan mereka , *Bhinneka Tunggal Ika* , diterapkan di salah satu negara pluralistik terbesar yang diciptakan dalam bentuk India. Banyak yang mengetahui bahwa peradaban anak benua India sudah ada lebih dari 5000 tahun yang lalu dan bangsa India saat ini yang kita punya baru ada di sana selama 75 tahun. Jadi pertanyaan yang selalu muncul adalah bahwa India sebagai sebuah bangsa muncul karena perjuangan ekstrim untuk mendapatkan kekuasaan yang terpusat dan India secara keseluruhan tidak pernah dijajah. Orang-orang yang membaca ini mungkin mengatakan saya gila tetapi kemudian mengikuti logika India yang dijajah, Eropa juga dijajah dan baru dibebaskan setelah tahun 1945 dan Jerman Timur dibebaskan pada tahun 1990-an. Berdasarkan definisi penjajahan yang berarti pada umumnya orang-orang yang menetap dari negeri asing atau tempat lain, gagasan tersebut diubah oleh kecenderungan imperial. Inilah sebabnya mengapa logika penjajahan yang hanya terjadi di India, Afrika, Amerika Latin, dan Asia adalah salah. Sesuai dengan judul bukunya, Anarki India terjadi karena di India kekuasaan telah datang dan menetap dan kita tidak perlu menanggung beban rasa malu kolonial. Hal ini karena bahkan negara-negara maju seperti Perancis, Belgia, Belanda dan banyak negara Eropa lainnya pernah diduduki oleh Nazi Jerman. Inggris yang merdeka pada saat itu dikalahkan oleh bangsa Viking dan Anglo Saxon yang menciptakan identitas Inggris, Skotlandia, dll. Jadi jika kita melihatnya dengan cara seperti itu, India adalah ide besar yang menjadi kenyataan dan memikul beban begitu banyak orang dengan begitu banyak bahasa dan budaya yang tidak dapat dilakukan oleh negara atau kekuatan lain di dunia hingga saat ini. Eropa sebagai sebuah benua adalah favorit saya, namun ketika kita melihat Uni Eropa sebagai kekuatan wilayah politik, Eropa masih terfragmentasi, kacau meskipun jumlah penduduknya lebih sedikit dan sumber dayanya lebih banyak. Secara umum terdapat spekulasi di antara kami, orang India, bahwa jika kami bersatu, kami tidak akan diperintah oleh sebuah perusahaan belaka selama 190 tahun. India Timur secara teknis memerintah selama 100 tahun. Juga apakah mereka benar-benar menguasai seluruh India seperti yang kita tahu. Karena keserakahan, ada begitu banyak kekuatan Eropa yang menyita sumber daya kita. Bahkan sebelum mereka, sistem feodal kita sendiri juga telah menaklukkan wilayah lain di India dan menjarah. Namun, gagasan tentang Persatuan Besar Eropa masih merupakan mimpi dan mereka belum memiliki kekuatan atau kebijakan luar negeri yang sama hingga saat ini. Pergerakan Brexit keluar dari Uni Eropa adalah salah satu peristiwa yang menunjukkan terciptanya persatuan negara-negara meskipun memiliki kedaulatan budaya yang tidak dapat dipersatukan. Referensi terhadap situasi di Bihar saat ini dibandingkan dengan keadaan di masa lalu menunjukkan bahwa negara-negara bagian di India sudah ada bahkan sebelumnya, namun tetap lebih cair dibandingkan negara-negara Eropa yang tentu saja memiliki lebih banyak persaingan industri dan komersial. Kami juga mengalami hal serupa di India, namun dengan cara yang jauh lebih tidak terorganisir. Selalu ada perjuangan untuk melakukan sentralisasi kekuasaan, sedangkan Eropa dalam jangka waktu yang lebih lama terikat pada budaya-budaya yang berbeda seperti wilayah. Hal ini terjadi di India yang membawa kita pada India bagian barat dan selatan serta kekhasan budayanya. Bagian itu akan muncul kemudian saat kita mempelajari budaya lain. India seperti yang kita kenal sekarang masih merupakan negara yang sedang berkembang. Mari kita lihat dari contoh ilustratif yang kita lihat di India saat ini. Seperti yang telah disebutkan, India tidak pernah diduduki oleh satu kekuatan pun dan juga sejarah penduduk asli dan yang disebut orang-orang dari luar tenggelam di suatu tempat. Inilah sebabnya mengapa India unik sebagai sebuah bangsa. Benar, ada banyak negara yang menciptakan proyek pasca-kolonial dan India adalah salah satunya. Namun, India memiliki keunikan dalam cara bangsa ini diciptakan. India sebagai sebuah negara dibentuk berdasarkan gagasan untuk menciptakan mosaik budaya yang bersatu, tidak seperti negara-negara jajahan lainnya kecuali Brasil, india, Papua Nugini, dan negara-negara Afrika yang memiliki keragaman etnis dan bahasa yang sangat besar. Multikulturalisme Amerika, Kanada, dan negara-negara Eropa modern tidak dihitung karena mereka bukan multikultural secara organik. Inilah sebabnya mengapa India dengan jumlah penduduk dan keragaman budayanya menjadi yang terdepan. Secara pribadi, saya adalah orang yang berpikiran sempit dan tidak terlalu menyukai keragaman budaya, namun pada akhirnya sebagai orang India, saya masih bingung dan terkadang merasa bangga dengan begitu banyak keberagaman yang ada di sana. Benar, India mempunyai pengaruh dalam urusan global tidak hanya India tetapi bahkan sebagai pendahulu India modern karena perbatasannya belum ditentukan pada saat itu. Kembali ke perbatasan, hal ini mengingatkan saya di mana saya memulai, itulah betapa berbedanya India saat ini dan juga mengapa kita tidak benar-benar menanggung rasa malu atas warisan kolonial, melainkan kita telah memajukan sistem dengan kelemahan kita sendiri sebagai peluang untuk menjadikannya lebih baik. demi kebaikan kita dan memberikan rasa hormat yang lebih besar kepada para pahlawan yang telah menumpahkan darah demi tanah air kita. Saya tidak ingin membuatnya terdengar seperti propaganda dan jingoistik, namun jangan lupa bahwa saat ini dan bahkan di masa lalu, ketika tidak ada India yang disedot sumber dayanya dan dijarah, maka kita patut disalahkan atas kurangnya kesadaran nasional kita. maka kita telah berusaha bersama. Kami meninggalkan Kohinoor yang terkenal, namun tidak menyerah pada Somnath yang berbicara tentang kebanggaan warisan budaya kami. Orang-orang India berjuang agar sistem sati mereka yang jahat dihilangkan, namun kita juga kini berjuang untuk menyelamatkan identitas modern kita di tengah tantangan-tantangan kuno yang dimanipulasi oleh Kerajaan Inggris dalam kebijakan perpecahan dan pemerintahan mereka sendiri yang juga kita tambahkan bahan bakarnya. Namun demikian, India saat ini terdiri dari negara-negara yang bukan bagian dari Kerajaan Inggris yang membantah teori bahwa mereka sebenarnya membantu menciptakan India. Tidak ada yang menciptakan India. Hal ini sudah ada sebelum bentuk modern saat ini, hanya dalam bentuk yang lebih luas dan cair yang terkadang bernuansa politik dan perasaan nasionalis yang agak nostalgia tentang "Akhand Bharat" (India yang tidak terbagi). Winston Churchill yang selalu meremehkan India mendapatkan beberapa fakta yang benar tentang kita, terutama yang menyedihkan adalah bagian korupsinya bukan karena British Bulldog sebagaimana ia dikenal memiliki keunggulan moral kecuali satu hal. India tidak melakukan Balkanisasi seperti yang terjadi di beberapa bagian Eropa dan Afrika. Persatuan kita di India meskipun terjadi perselisihan internal dan anarki budaya, hidup bersama sebagaimana yang ditemukan dalam survei Pew mirip dengan mangkuk makanan terpisah yang letaknya berdekatan namun tidak ingin bercampur seperti wadah peleburan. Hasil penelitian ini ditargetkan secara spesifik pada agama, namun hal yang sama juga dapat diterapkan pada budaya kita. India hanya mengalami pemisahan yang menyakitkan dan muncullah dua negara yang bingung seperti pemisahan dari India dalam bentuk Pakistan dan Bangladesh. Di sinilah pertanyaan tentang mosaik budaya muncul dimana India adalah Asia Selatan yang tepat disebut sebagai Anak Benua India dan tidak lupa ekspor budaya kita melintasi Kawasan Samudera Hindia yang menyebar ke wilayah lain di Asia. Ide tentang India inilah yang menjadikan India unik. Kembali ke ekspansi budaya dan peran negara-negara modern, mari kita mulai dari fenomena internasional. BRICS yang merupakan singkatan dari Brazil, Rusia, India, Tiongkok dan Afrika Selatan sebagai kantong ekonomi negara-negara berkembang yang tumbuh bersama dan wajah-wajah baru perekonomian dunia yang terus berubah juga dapat dilihat dari sudut pandang budaya. Jika kita mulai mencari perspektif budaya, mari kita mulai dengan Brasil yang memiliki banyak perbedaan bahasa dan etnis serta wilayah yang luas namun belum bisa dibandingkan dengan India. Yang pertama dan terpenting, tidak ada negara yang bisa dibandingkan dengan negara lain, namun dalam hal pengaruh budaya dan perbandingan negara-negara berkembang dalam hal pengaruh budaya, India adalah negara yang berbeda kelas. Rusia misalnya memiliki kerajaan besar dan pengaruh budayanya sedangkan India pernah diserang oleh negara-negara Asia Tengah. Kalau kita ambil contoh Kazakhstan, Uzbekistan pengaruh budaya awalnya ada di sana yang meluas dari Rusia. Namun dari segi silsilah budaya melalui bahasa dapat ditemukan mulai dari India hingga Asia Tengah. Jika berbicara tentang Tiongkok, salah satu kekuatan budaya terbesar di Asia bahkan mereka memiliki ekspor budaya terbesar dari India termasuk seni bela diri yang sebenarnya berasal dari sini. Seperti yang pernah dikatakan oleh seorang diplomat Tiongkok tentang India "Ini adalah satu-satunya negara yang telah menjajah kita secara budaya selama lebih dari 2000 tahun tanpa ada satu tentara pun yang menyerang kita". Hal ini sendiri menunjukkan kepada kita ekspor budaya seperti apa yang telah ada dari India. Negara yang benar-benar multikultural jika berbicara tentang India, bisa disamakan dengan Afrika Selatan. Negara pelangi seperti yang diketahui lebih kecil dari India dengan populasi lebih sedikit tetapi memiliki banyak keragaman budaya dan bahasa. Sekarang pertanyaannya adalah pengaruh Afrika Selatan dan India. Keduanya adalah negara yang multikultural dan berorientasi pada keberagaman, namun jika menyangkut India, pengaruh India telah mencapai Afrika Selatan meskipun dalam bentuk politik belakangan ini. Inilah sebabnya mengapa India yang melahirkan dirinya sendiri dengan berbagai cara terus-menerus membawa budaya dan bagaimana hal itu memperkaya India meskipun ada kekacauan yang kita alami. Sekarang kembali ke pertanyaan tentang peran negara dan bagaimana mereka memainkan peran di India dalam cara menciptakan negara bangsa modern melalui proses yang kacau dari perubahan negara menjadi cara baru untuk menemukan sebuah proses kekacauan. India. Mari kita ambil contoh Maharashtra yang terletak di sebelah barat India dan mengapa serta bagaimana Maharashtra berperan dalam mendefinisikan India. Hal ini dapat diartikan sebagai perjalanan suatu negara yang telah memegang kedaulatan sejatinya dan merupakan kekuatan yang mapan baik di angkatan laut maupun darat sejak lama, Hal inilah yang merupakan salah satu titik awal India dalam bentuk kebudayaan. lanskap. Maharashtra telah berubah selama periode waktu tertentu dan inilah mengapa Maharashtra menjadi salah satu contoh yang mendefinisikan India dalam cara penciptaannya sebagai sebuah negara sebelum dan sesudah periode dengan begitu banyak aturan yang berbeda. Maharashtra menghalangi pembentukan negara bangsa di masa-masa awal dengan berdirinya kerajaan Maratha yang menentang kekuatan orang Afghanistan dan kemudian Mughal sambil menyebarkan jejak mereka ke bagian lain India. Namun Maharashtra saat ini sangat berbeda dari versi lain yang diketahui termasuk contoh Gujarat sebagai entitas yang berbeda sekarang. Juga jangan lupa bahwa Maharashtra dan signifikansi budayanya terletak pada perubahan dirinya selama masa kolonial dan juga di mana banyak bagiannya berada di bawah penguasa yang berbeda.

Namun, Maharashtra telah berubah dan berkembang sebagai salah satu negara bagian ikonik yang dapat disebut sebagai entitas berbeda seperti negara bagian lain di India. Hal inilah yang menjadikan India sebagai negara yang terus berubah. Jika kita melihat peta India yang terlihat seperti sebuah teka-teki yang terus berkembang dan memperkaya dunia. Seperti disebutkan sebelumnya, Maharashtra saat ini telah melahirkan Gujarat yang dengan sendirinya membawa beban sejarah dan warisannya sendiri. Inilah sebabnya saya memulai dengan menyebutkan bahwa India tidak menanggung rasa malu atas penjajahan seperti yang selalu kita ingatkan. India saat ini memiliki negara-negara bagian di Timur Laut serta Goa, Pondicherry, Daman, Diu, Dadra dan Nagar Haveli yang secara teknis independen atau berada di bawah kekuasaan yang mendefinisikan bahwa India tidak seperti yang kita ketahui. Wilayah yang berperan dalam pembentukan India terus berkembang baik melalui pembentukan negara bagian baru atau penggabungan negara bagian baru seperti Sikkim. Hamparan budaya India telah ada dalam format yang terus berubah seperti disebutkan sebelumnya dalam bentuk negara bagian India Timur Laut seperti Assam, Meghalaya, Nagaland, Arunachal Pradesh, Manipur dan Mizoram dimana pengaruh Inggris selalu ditantang. Belum lagi cerita tentang wilayah-wilayah kolonial lainnya seperti disebutkan sebelumnya yang berada di bawah kekuasaan Portugis. Ada begitu banyak kekuatan Eropa lainnya yang datang ke India, seperti benua Afrika, untuk melahap sumber daya kita. Namun terlepas dari penindasan asing yang terjadi di sana, pengaruh budaya India selalu dihormati bahkan oleh orang-orang Eropa mulai dari Max Muller hingga William Jones dan banyak lainnya. Pengaruh tulisan Weda India bahkan terdapat dalam budaya Manga dan Anime Jepang yang populer saat ini. Penciptaan India modern saat ini terdiri dari pengalaman kolektif selama berabad-abad. Hal ini juga berlaku bagi negara-negara dalam cara mereka mempertahankan pengalamannya, mempertahankan pengalamannya sendiri, atau mengubahnya menjadi lebih baik atau lebih buruk. Maharashtra adalah salah satu contohnya dan inilah gambaran India saat ini. Di sinilah India begitu unik sebagai sebuah entitas budaya dan geografis yang membawa serta begitu banyak perubahan yang hanya dapat diklaim oleh beberapa negara sebesar India dan secara historis berpenduduk padat seperti India. Inilah sebabnya mengapa India memiliki konsep yang berbeda dari konsep yang selalu kita katakan bahwa India berasal dari dunia terjajah. Dalam hal ini kita tidak boleh lupa bahwa India diciptakan oleh orang India dalam bentuk Sardar Patel, Manusia Besi atau Bismark India kita sendiri. Dia menyatukan dan mendapatkan bagian Timur Laut India berdasarkan perjanjian yang telah dilakukan dengan Inggris atau negosiasi terpisah. Oleh karena itu, gagasan tentang India adalah tempat di mana kerajaan Maratha yang bertahan lama melawan niat Inggris sebelum runtuh adalah satu India. Sedangkan negara bagian Maharashtra dari Mahagujarat juga merupakan bagian dari India lainnya. Negara bagian

Maharashtra saat ini adalah salah satu kontributor PDB terbesar saat ini. Hal ini tidak menghilangkan fakta bahwa masyarakat Maratha di masa lalu hingga komunitas Marathi di India saat ini telah mengukir identitas budaya mereka sendiri. Di tengah semua ini, India tetap bertahan sejak lama dan beralih ke Persatuan India yang saat ini menjadi salah satu masyarakat paling pluralistik di dunia. Negara-negara Afrika memiliki begitu banyak keanekaragaman dan begitu pula banyak negara lain seperti Papua Nugini, india atau Nigeria meskipun baik dari segi populasi atau luas wilayah, negara-negara Afrika atau negara-negara yang disebutkan di atas dapat melampaui keanekaragaman budaya India. Kecuali AS, Australia yang memiliki banyak bahasa dan wilayah yang lebih besar masih perlu menerima populasi dan keragaman budaya India yang sangat besar dengan populasi yang sangat besar. Tidak ada seorang pun yang bisa menjelaskan apa yang menjadikan India dalam satu cara tertentu. Inilah keindahan India sekaligus kekuatan dan kelemahannya. India seperti Uni Afrika atau Uni Eropa dengan satu-satunya pengecualian bahwa tidak ada satu negara pun di Eropa atau Afrika yang sebesar India. Juga jangan lupa ketika kita membahas tentang India maka kita juga perlu melihat sejauh mana India dan pengaruhnya di seluruh dunia? Jadi kita mulai dari mana, mari kita mulai dari budaya Punjab. Dikenal sebagai jantung India utara, negara bagian Punjab sendiri telah menghadapi invasi budaya dari berbagai belahan dunia. Punjab saat ini sendiri terpecah secara politik karena kedua negara tersebut baru-baru ini terhubung melalui koridor Kartarpur untuk kunjungan suci tersebut. Sekarang jika kita melihat kembali sejarah, Punjab diciptakan melalui beberapa migrasi yang terjadi dari luar maupun dalam India. Maksudnya adalah migrasi luar tanpa membahas detail kontroversi migrasi Arya. Teknik pertanian yang kaya pada masa lalu yang memiliki hubungan dengan peradaban Lembah Indus. Ini adalah Punjab yang sama yang memiliki peran besar di kerajaan Maurya dan Gupta. Ini adalah negara yang sama sejak terjadinya invasi budaya besar-besaran dari wilayah lain yang mencakup hubungan Afghanistan dan Yunani melalui negara ini baik dari segi garis keturunan maupun pengaruh budaya dan politik. Punjab yang sama ini berkembang pada Abad Pertengahan dari pengaruh kekuasaan penguasa Turki di bawah Delhi serta pengaruh Mughal ke wilayah Punjab yang tidak terbagi. Semuanya bermuara pada pertanyaan di mana awal halaman ini dimulai. Afghanistan mempunyai hubungan yang sangat penting dengan India melalui Punjab dan pengaruhnya datang dari kedua belah pihak. Dengan cara inilah pertanyaan mengenai hubungan antara India dan belahan dunia lainnya dapat dibangun. Punjab dan evolusi budayanya muncul dalam bentuk paparan pengaruh asing dan juga berkontribusi pada pengayaan mereka. Evolusi masyarakat yang terus-menerus terjadi dalam bentuk cara India berinteraksi secara global. Hal serupa juga terjadi pada perkembangan negara-negara lain. Di tengah semua ini, Punjab sebagai negara bagian di inti India Utara dan jalur migrasi dan transit yang padat dengan pengaruh dari Yunani, orang Afghanistan melahirkan sistem campuran budaya yang dengannya Punjab seperti yang kita kenal sekarang telah berevolusi. Kemuliaan agama dan bela diri negara bagian Punjab datang kemudian dengan perlawanan keras dari komunitas Khalsa yang gagah berani yang terbentuk. Perjuangan melawan Mughal dan tirani Aurangzeb memberikan aturan tersendiri bagi Punjab, namun jika kita menggali lebih dalam mengenai makanan dan pengaruh budaya dalam hal musik, maka hubungan masyarakat dengan Afganistan dan Iran dapat ditarik. Bukan saja diaspora Punjabi yang menetap di Kanada atau Inggris, Australia dan Amerika dalam jumlah besar bahkan saat ini mereka yang berasal dari Punjab berupa komunitas Sikh yang menetap di Afghanistan dan Iran memberikan kesaksian atas perjalanan keagamaan yang dilakukan oleh para pemimpin agama Sikh. Upaya mereka melawan kekuatan Afghanistan sebelum dan pada masa kolonial menandai keberanian serta kebaikan masyarakat Punjabi atau khususnya tentara Sikh dan kerajaannya yang mengukir jati diri negara. Itu terjadi sebelum munculnya perjuangan kemerdekaan di mana ia juga memainkan peran utama setelah kematian Maharaja Ranjit Singh memberi kita Bhagat Singh sebagai salah satu nama yang paling terkenal di antara banyak nama mulai dari partai Ghadar itu sendiri dan tidak ketinggalan Lala Lajpat Rai dan Sardhar Udham Singh yang eksploitasi berani dan patriotismenya dihidupkan kembali baru-baru ini. India selalu seperti pekan raya besar di mana berbagai warna dan rasa, suara dan musik hadir untuk menciptakan apa yang kita anggap sebagai India. Hubungan pengaruh India telah menyebar ke seluruh dunia dan menerima pengaruh budaya dari seluruh dunia. Ketika kita melihat Kashmir bergerak melampaui wilayah Punjab dengan Jammu termasuk pengaruh Hindu, Sikh, Dogras dan pengaruh Islam semuanya dapat ditemukan. Maharaja Ranjit Singh hingga Raja Hari Singh pengaruh Kerajaan India pada tahap terakhir sejarah Jammu dan Kashmir yang besar dan kaya serta beragam. Yang paling penting, seperti halnya Punjab, gagasan Jammu dan Kashmir telah menerima banyak pergerakan budaya dan pengaruh dari wilayah Afghanistan, Iran, dan Asia Tengah. Meskipun negara bagian Jammu dan Kashmir saat ini melambangkan persaingan yang besar dan sengit antara India dan Pakistan, namun perjalanan budayanya merupakan kesaksian yang membanggakan atas luas dan beragamnya budaya Jammu dan Kashmir. Telah terlihat perjalanan budaya bagaimana berbagai negara bagian India saat ini yang terbentuk berdasarkan basis linguistik ternyata mempunyai perjalanan budaya tersendiri yang unik padahal belum mempunyai eksistensi sendiri berdasarkan identitas linguistik. Dua negara bagian lainnya yang mencakup Uttarakhand yang baru dibentuk dari Uttar Pradesh dan Himachal Pradesh juga membawa kita pada gagasan tentang bagaimana gagasan inti India berubah. Tidak pernah ada kesamaan pendapat yang dikemukakan oleh banyak pakar ketika mencoba mendefinisikan India meskipun argumen ini salah namun jelas bukan tidak benar. Contoh Uttar Pradesh dan dari negara bagian tersebut membentuk Uttarakhand dan Himachal Pradesh, semuanya memiliki identitas tersendiri sebagai negara bagian linguistik terkini. Namun jika kita melihat kembali peta budaya ketiga negara ini maka akan terbukti bahwa ketiganya memiliki perjalanan yang sangat terhubung dimana kerajaan Oudh juga pernah memiliki koneksi dan pertempuran dengan kerajaan-kerajaan yang berbasis di Himachal. Sekarang kembali ke perjalanan budaya serupa dengan wilayah Punjab dan Kashmir, dua wilayah penting lainnya di sekitar Delhi bersama dengan wilayah seperti yang kita kenal sekarang, Uttar Pradesh, Uttarakhand dan Himachal Pradesh membentuk wilayah bagian utara India dalam hal migrasi. , bentukan bahasa dan budaya yang memberikan identitas tersendiri. Perpindahan orang-orang dari wilayah utara termasuk Pakistan dan Afghanistan modern, Iran dan bahkan Asia Tengah melalui negara-negara tersebut juga berpindah ke wilayah lain di India. Oleh karena itu, ketika kembali ke Jammu dan Kashmir saat ini, simpul politik dari krisis identitasnya menjadi rumit karena wilayah tersebut bukanlah wilayah yang berbasis Islam atau Hindu, melainkan kombinasi keduanya. Terdapat tempat-tempat spiritual dan sakral dari kedua agama tersebut di wilayah tersebut yang telah berkembang selama periode waktu dan gelombang ribuan tahun. Oleh karena itu, meskipun kisah masyarakat mayoritas Islam di Kashmir yang diperintah oleh seorang pangeran Hindu sebagai bagian terakhir dari wilayah konflik seperti yang kita kenal sekarang, kisah tersebut tidak dimulai dari sana dan juga belum berakhir. Itu hanya menunjukkan betapa bertentangannya gagasan India. Kontroversi baru-baru ini mengenai pernyataan India sebagai Persatuan Negara muncul dalam debat parlemen. Namun, hal ini tidak hanya disebutkan dalam konstitusi tetapi hal ini sudah sewajarnya menjadikan India sebagai negara asing yang lebih mirip sebuah benua dan dikenal sebagai wilayah anak benua India. Saat kita berpindah ke bagian lain India utara berupa Uttar Pradesh, Haryana dan kemudian sedikit ke barat laut dengan Rajasthan, sejarah budayanya memberi kita pandangan yang sangat berbeda tentang India. Jika kita beralih ke budaya musik India, kita akan melihat bahwa terdapat kesamaan dalam cara pembentukan musik dalam berbagai bentuk tetapi memiliki kesamaan. Contoh negara-negara yang diberikan di atas menegaskan bahwa Thumri, Tappa, Khayaal, Raag, Banjara dan bentuk musik lainnya memiliki selera yang berbeda dan tentunya elemen musik berbeda yang melekat pada masing-masing genre tersebut. Namun, jika kita berbicara tentang sejarah peradaban dan juga cara orang-orang berpakaian, memerintah, dan makan, semuanya memiliki kesamaan di India. Orang mungkin akan mengatakan bahwa apa yang unik dari sumur ini adalah bahwa dalam hal ini harus diingat bahwa tidak ada satu peradaban pun baik itu Indus atau peradaban di selatan India yang telah melahirkan begitu banyak bahasa, etnis, dan juga bahasa. kebiasaan makanan. Kita bisa mengambil contoh bangsa Cina, Mesir, Sumeria, Inca, Aztec, namun jika berbicara tentang peradaban di India yang tumbuh tidak hanya dari segi bahasa yang beragam tetapi juga identitasnya. Jika melihat peradaban Tionghoa seperti disebutkan di atas rumpun bahasa yang keluar maka bahasa Mandarin mempunyai pengaruh yang besar di seluruh dunia namun tidak menciptakan unsur budaya yang sangat bisa dibedakan walaupun berasal dari cabang yang sama. Hal ini juga berlaku untuk peradaban kuno lainnya seperti Mesir, Sumeria, dan bahkan Inca, meskipun suku Aztec menyediakan banyak bahasa asli di Amerika Selatan yang tidak diragukan lagi memiliki warisan linguistik yang kaya. Namun ketika kita melihat perbedaan budaya, muncul pertanyaan. Meskipun saya bukan ahli dalam bahasa asli Amerika, namun tidak ada yang dapat menyangkal bahwa pengaruh India dapat ditemukan dari mitologi, narasi budaya yang berasal dari satu titik tetapi memiliki begitu banyak akar yang sulit dipercaya dalam banyak hal. Saat ini bagian-bagian peradaban Indus ditemukan di Pakistan modern. Namun, idenya adalah untuk mengedepankan gagasan bahwa India sendiri hanyalah sebuah entitas modern namun jaringan budayanya yang sangat luas telah meledak dan meledak menjadi begitu banyak cabang berbeda dari anak benua India hingga berbagai bagian India sendiri dan dunia. Beranjak dari India bagian Utara, jika kita melihat India bagian Timur dan Timur Laut, hal ini akan memberi kita cerita tentang perpaduan budaya yang berbeda. Ini akan membawa Anda ke jalur pemahaman berbeda tentang bagaimana sejarah dan elemen budaya terbentuk. India yang seperti puzzle memberikan pemahaman yang lebih menarik jika kita melihat ke arah timur dan timur laut. Sebagian besar fokus dalam memahami latar budaya India telah terlewatkan pada wilayah-wilayah ini dan bagaimana serta mengapa wilayah tersebut memainkan peran penting dalam pembentukan India seperti yang kita kenal sekarang. Oleh karena itu, kaleidoskop budaya India perlu dilihat dan dipusatkan dari wilayah-wilayah yang dipengaruhi agama, budaya, dan sejarah politik tidak hanya dari India utara, India barat tetapi dari wilayah timur di luar India tanpa melupakan wilayah selatan. India juga. Dengan cara ini susunan genetik masyarakat India timur laut saat ini mirip dengan akar budaya Asia Tenggara. Gagasan memahami peran kawasan di bagian timur dan timur laut memberikan kita gambaran bagaimana dinamika regional India mulai terbentuk di bagian ini. Jadi mari kita mulai dengan Bengal karena Bihar dan sejarah budayanya telah disinggung meskipun secara dangkal sehingga kita dapat kembali lagi. Bengal sebagai sebuah negara muncul lama setelah kemerdekaan namun proses budayanya sebagai sebuah negara telah ada sejak lama. Pencampuran berbagai unsur Benggala di bagian India ini telah terjadi sejak lama sekali. Hal ini dapat ditelusuri dari masa sultan Delhi mulai dari Dinasti Budak hingga Dinasti Khilji dan Tughlaq hingga nawab Benggala bebas dari pengaruh Delhi pada tahun sekitar pertengahan tahun 1700-an. Dalam hal ini negara bagian Odisha yang kita kenal sekarang memiliki keberadaan budaya yang berkelanjutan tetapi tidak ada sebagai negara linguistik yang terpisah. Meski begitu, peta budaya yang mulai terbentuk di India bagian timur memiliki perjalanannya sendiri. Di sinilah akar mula invasi Eropa mulai terjadi. Salah satu jalur perdagangan terpenting bagi orang Eropa dimulai di sini. Bengal, Bihar dan Odisha semuanya berkembang bahkan ketika mereka disatukan sebagai satu provinsi. Ia memiliki kesuburan tanah dan juga sumber daya alam. Namun jika kita melihat saat ini maka kita akan menemukan bahwa India jika dilihat dari wilayah-wilayah tersebut, baik dalam hal hasil pertanian atau industri, memiliki banyak hal yang diinginkan. Meskipun wilayah Bengal menduduki peringkat teratas dalam hal keluaran produk pertanian dibandingkan dengan pertanian kecil yang ada di wilayah tersebut. Hal ini menunjukkan bahwa wilayah Benggala masih mempertahankan status sebagai wilayah makmur dan subur meskipun terdapat peningkatan kekhawatiran terhadap dampak perubahan iklim. Kisah India juga penuh kontradiksi dan perbandingan. Dari segi pertanian juga jika kita melihat bagian lain India seperti Punjab, Haryana yang mempunyai tantangan tersendiri untuk menjadi keranjang gandum negara kita. Wilayah di bagian timur negara ini selalu menjadi pusat perdagangan sejak lama, meskipun jika menyangkut administrasi, jika kita mengambil negara-negara bagian ini secara individual maka kita melihat bahwa sebagian besar negara bagian telah menghadapi deindustrialisasi atau pemiskinan sejak lama. . Rata-rata tersebut lebih tinggi dari rata-rata nasional dalam hal kemiskinan dan pengangguran atau pengangguran terselubung. Meskipun negara bagian seperti Benggala Barat dan Odisha termasuk bahkan Bihar telah mengambil beberapa langkah perbaikan. Terdapat investasi sosial yang cukup stabil di Odisha dan Benggala Barat meskipun korupsi politik dan hooliganisme di Benggala Barat terus meningkat sejak masa Kongres hingga mencapai puncaknya di bawah pemerintahan Komunis dan pengaruhnya masih berlanjut hingga saat ini di bawah rezim yang sekarang. Semua ini menyebabkan wilayah timur India menjadi lesu dan turut berkontribusi terhadap terputusnya pertumbuhan India timur laut, meskipun faktanya kebijakan pemerintah juga tidak fokus pada pembangunan di wilayah tersebut. Jadi, kita sadar bahwa India harus dilihat dari fase-fase yang berorientasi pada waktu. Pada suatu waktu wilayah timur India kaya akan tekstil, makanan, rempah-rempah yang bahkan dimiliki saat ini, namun laju industrialisasi yang meningkat di bagian timur India sejak masa kolonial telah hilang. Tren ini hanya bisa ditahan oleh Odisha dengan investasi yang stabil dan perbaikan sosial di negara bagian yang sangat miskin ini yang kini merangkak naik ke peringkat indeks pembangunan negara bagian India meskipun masih banyak hal yang masih belum diinginkan. Oleh karena itu, persoalan perjalanan waktu dan pengaruhnya di wilayah India bagian timur tidak dapat diprediksi. Bengal menderita dilema politik dan Bihar selalu kehilangan pesona sebagai negara modern dari kejayaannya di masa lalu karena kasta dan kebijakan publik yang regresif. Hanya negara bagian Odisha yang menjadi mercusuar harapan dan Bengal baru yang berusaha memproyeksikan dirinya sebagai negara ramah industri. Pertanyaannya adalah apakah buku ini dapat mengatasi gejolak sejarah politik India yang telah berdampak pada industrialisasi sejak lama di buku berikutnya.

Hubungan India-Afrika: Situasi saling menguntungkan yang belum diatasi

Pengantar Hubungan India - Afrika: Hubungan antara India dan Afrika sudah terjalin sejak lama. India dan Afrika secara historis menjalin hubungan perdagangan terkait rempah-rempah, gading, dan barang-barang lainnya yang dipertukarkan antara kedua belahan dunia ini. India dan Afrika pada masa pra-kolonial telah berbagi kerajaan yang sama berupa "Nawab" (kaisar) Sachin dan Janjira di India pada abad pertengahan. Perdagangan antara India dan Afrika pada masa prakolonial juga mempunyai aspek perdagangan manusia berupa budak. Namun aspek hubungan pada masa prakolonial tidak mempunyai unsur pemanfaatan sumber daya secara sepihak. Begitulah cara kerajaan India dan Afrika menjaga hubungan mereka dalam hubungan timbal balik. Sumber daya dan pemanfaatan hubungan bersama telah menciptakan suatu ikatan. Kalau bukan di antara orang-orang dalam aspek itu, jenis hubungan elitis didasarkan pada rasa saling mengagumi dan menghormati. Kemudian zaman kolonial datang perlahan-lahan. Sejarah rasa malu kolonial telah mencengkeram Afrika dan India. Masa pemerintahan kolonial yang mengambil sumber daya dari kedua belahan dunia juga sangat melumpuhkan pembangunan arus bebas informasi. Hubungan antara dua belahan dunia dimanfaatkan untuk eksploitasi kolonial oleh kekuatan kolonial. Sumber daya manusia dan sumber daya alam semuanya diekstraksi dan bahaya perbudakan berdampak pada kedua belahan dunia ini. Di tengah semua itu muncullah Mahatma Gandhi yang merasakan sakitnya menjadi warga kolonial di Afrika dari negara terjajah itu sendiri. Gagasan tentang perjuangan bersama dan laju gerakan untuk hak-hak semakin meningkat. Ikatan umum yang terikat pada rasa malu akibat dominasi kolonial menandai abad ke ˉ 19 dan ke-20 dalam konteks yang lebih luas. Ini adalah warisan bersama dari dua budaya dan peradaban kuno. Kemudian muncul era pasca penjajahan yang menciptakan pola hubungan baru dalam hubungan India dan Afrika akhir abad [ke]-20 dan seterusnya. "Visi baru India menjadi pemimpin dunia ketiga atau kelompok negara berkembang di bawah Gerakan Non-Blok, negara-negara G-77 perlahan-lahan tercermin di zaman sekarang" ***(Madsley dan McCann 2010)*** . India berupaya meningkatkan kehadirannya di Afrika. Tiongkok dan India sedang menghadapi pertarungan baru dalam hal ego dan prospek proyeksi kekuatan dalam aspek yang lebih lunak. Pertanyaan yang muncul adalah apakah India ingin menggambarkan hubungan dengan Afrika di atas kanvas baru. India tentu saja berupaya meningkatkan keterlibatannya dengan Afrika pasca penjajahan. Hal ini mencakup jembatan yang sudah ada yang menghubungkan diaspora India melalui benua Afrika *(Pradhan, 2008)*. Pertanyaan yang muncul adalah apakah India sebenarnya ingin memanfaatkan Afrika demi keuntungannya sendiri dibandingkan membangun hubungan timbal balik seperti dulu *(Broadman, 2007)*. Ini harus dianalisis dengan fakta-fakta rinci. "Namun tidak dapat disangkal bahwa hubungan India-Afrika sama pentingnya dengan hubungan India-China" *(Carmody, 2011)*.

Hubungan India-Afrika muncul di zaman baru: India dan Afrika memiliki banyak kesamaan seperti sumber daya alam dan kemiskinan. Namun yang membuat hubungan ini menarik adalah India kini dianggap sebagai kekuatan baru dengan kekuatan globalisasi yang baru. Peran India sedang dikaji untuk memperbaiki situasi di seluruh dunia. Seperti disebutkan sebelumnya, perjuangan melawan Tiongkok dalam hal peran yang ingin dimainkan oleh negara tersebut di Afrika sangatlah penting. Kolaborasi teknologi telah terjadi di negara-negara seperti Senegal, Kenya dll (*Mohan, 2006*) . Ini adalah cara blok kekuatan baru berupa India dan Tiongkok memandang pemanfaatan Afrika. India dalam aspek ini harus berhati-hati agar tidak tampil sebagai kekuatan lain yang mencari "Perebutan Afrika". Hubungan indah antara India dan Afrika berdasarkan warisan bersama dan masa lalu telah diperkuat oleh para pemimpin seperti Gandhi dan

Mandela dengan contoh luar biasa mereka dalam perjuangan damai melawan penindas kekaisaran. Kini zaman telah berubah sehingga kerja sama semakin meningkat dan mencakup bidang-bidang baru di bidang ruang angkasa, pendidikan, dan juga teknologi. Gagasan untuk berkolaborasi adalah salah satu cara utama yang dapat dilakukan India-Afrika untuk terlibat dalam upaya mengembangkan kerja sama Selatan-Selatan. Gagasan bahwa India benar-benar menjadi mitra yang baik hati di Afrika telah diperhitungkan sejak **Delhi** *(Alden dan Viera, 2005)*
. Kecemasan dan skeptisisme masyarakat Afrika mengenai bagaimana India berupaya memanfaatkan hubungan tersebut sebagai medan pertempuran proksi untuk proyeksi kekuatannya adalah salah satu poin penting. Proyek India yang lebih pada aspek teknis dan mencakup perspektif kerjasama yang lebih lembut adalah penting. India telah memulai program yang dikenal sebagai TU-9 yang mencakup pemberian bantuan kepada negara-negara kurang berkembang di Afrika dalam hal pembangunan infrastruktur, jalur kredit dan jaringan informasi. Hal ini sangat penting untuk melawan investasi besar Tiongkok di Afrika dan juga memanfaatkan sumber daya tenaga kerja khususnya dari Tiongkok. Namun saya tidak ingin menunjukkan bahwa investasi Tiongkok tidak memiliki nilai di Afrika. Faktanya, sudut pandang yang ingin saya kemukakan adalah bahwa Tiongkok dan India atau **"Chindia"** seperti yang banyak orang katakan dapat membangun poros kerja sama yang lebih besar di Afrika *(Martin, 2008)* . Ini bisa

menandai awal dari sebuah hubungan yang hebat. Namun berpegang pada konteks bagaimana India berupaya membentuk pola hubungan dengan Afrika adalah hal yang rumit. Di satu sisi India menyediakan sumber daya yang lebih lunak namun juga mempunyai tanggung jawab untuk mempertahankan nilai-nilai moralnya dengan tidak mengikuti jalur yang sama seperti yang dilakukan para penindas kolonial sebelumnya. India mempunyai posisi yang unik dalam berjuang bersama dengan Afrika melawan kesenjangan global karena keduanya dapat berempati satu sama lain *(Hill, 2003)* India sebagai kekuatan yang sedang berkembang dengan tanggung jawab yang lebih besar tentunya harus mengingat hal ini.

Hubungan India-Afrika di bawah multilateralisme : Pembangunan hubungan baru antara India dan Afrika telah mengambil jalur baru melalui multilateralisme. Contohnya termasuk pembentukan front diplomatik baru dengan negara-negara seperti Afrika Selatan bergabung dengan India dan Brazil pada platform seperti India, Brazil dan Afrika Selatan **(IBSA)** *(Dunn & Shaw, 2001)* . Hal ini merupakan awal terbentuknya poros diplomasi baru yang dapat meningkatkan fungsi poros India-Afrika *(Bowles et al 2007)* . Faktanya, persaingan pembangunan dan kerja sama di Afrika antara Tiongkok dan India mengambil bentuk baru melalui keterlibatan multilateral. India dan Afrika sebagai sebuah benua juga tidak boleh dipandang sebagai hubungan bilateral. Gagasan mengenai kerja sama Selatan-Selatan yang baru mulai mengambil bentuk baru dengan munculnya poros multilateral. **BRICS PLUS** adalah sebuah konsep baru yang juga dipertimbangkan oleh negara-negara Afrika lainnya seperti Mesir dan Nigeria *(Goldstein, 2007)*. Hal ini akan menjadi awal dari keterlibatan strategis yang baru dan bagaimana pembiayaan dan mekanisme pendanaan pembangunan dapat dilakukan dari berbagai sumber. Itulah kunci terjadinya pembangunan baru dengan proyek-proyek yang meningkatkan efisiensi. India telah melakukan hal ini sejak KTT India-Afrika diadakan setiap tiga tahun sekali. Meskipun keterlibatan India-Afrika terjadi antara dua pihak, namun hal ini tidak boleh dilihat hanya dari perspektif Afrika sebagai satu benua. Dalam konteks keterlibatan dengan Afrika, benua Afrika harus dilihat dari sudut pandang yang mencakup lebih dari 50 negara *(Cooper, 2005)*. Setiap negara memiliki tujuan spesifiknya masing-masing dan melihat perhitungan tujuan spesifik yang ingin mereka capai. India telah berupaya untuk melibatkan berbagai negara di Afrika. Inilah bagaimana kebijakan-kebijakan baru dalam hubungan kerja sama dengan Afrika dan India dapat terwujud di masa depan. Hal ini merupakan pemikiran baru dan cara menciptakan kerangka pengembangan kerjasama Selatan-Selatan dimana visi tersebut harus difokuskan pada poros tidak hanya pada tingkat bilateral tetapi juga pada tingkat keterlibatan dengan negara-negara berkembang lainnya *(Shaw, 2007)*. India sudah berupaya melakukan hal tersebut melalui strategi baru yang memanfaatkan kekuatan besar lainnya dalam rencananya berinvestasi di Afrika. Afrika juga memiliki negara-negara yang mulai bermunculan seperti Nigeria, Mesir, Afrika Selatan, dll. Kemunculan negara-negara seperti Ghana, Kenya juga memberikan perpaduan peluang yang sempurna dimana India bersama dengan negara-negara seperti Brasil, Afrika Selatan dan bahkan Tiongkok, Jepang dapat berkolaborasi dan telah melakukannya. India telah mempertimbangkan investasi di bidang pertanian, energi, serta sumber daya lainnya dari benua tersebut untuk kebutuhan pembangunan di kedua negara tersebut. Mungkin ada rasa skeptis terhadap motif sebenarnya India dalam keterlibatannya dengan Afrika. Namun platform multilateral seperti **IBSA, BRICSPLUS** dan platform lain di mana India dapat membentuk tim dengan negara lain akan menjadi cara yang ideal untuk keterlibatan di masa depan.

Hubungan India-Afrika di masa depan: Hubungan India-Afrika sebenarnya dapat menentukan abad ke-21 dan menciptakan peluang baru. Ada potensi yang luar biasa dalam hubungan dan juga aspek penggarapan elemen smart power. Tanggung jawab yang harus dikembangkan dalam hubungan ini bergantung pada bagaimana keterlibatan tersebut akan terjadi baik di tingkat swasta maupun pemerintah. Keterlibatan perusahaan Afrika dan India diperlukan, hal ini telah terjadi di bidang telekomunikasi, energi, dan sektor lainnya. India mempunyai tanggung jawab untuk berinvestasi di Afrika dalam arti sebenarnya dari kerja sama Selatan-

Selatan *(Cox, 1996)*. Investasi pemerintah India dan perusahaan swasta di Afrika harus diperluas ke kerjasama teknis. Bidang kerja sama tentu saja dapat mencakup bidang pertahanan dan teknologi tinggi seperti luar angkasa, kedokteran, pertanian, dan lain-lain. India perlu berhati-hati terhadap hal ini di tengah banyaknya peluang untuk berkolaborasi agar tidak terjebak dalam perangkap menjadi mitra yang sombong. India juga perlu ingat bahwa mereka tidak boleh melupakan tujuan yang lebih besar dalam membangun hubungan yang kokoh dengan Afrika. Hal ini tentu saja tidak hanya mencakup pembangunan dialog namun juga keyakinan akan aspek-aspek yang lebih kuat dari hubungan tersebut. Konteks rasisme juga merupakan isu yang sangat rumit karena sayangnya diaspora Afrika di India sering kali menjadi sasaran serangan rasial. India perlu berhati-hati terhadap hal ini karena dorongan soft power India di Afrika dengan diaspora India dan hubungan sejarahnya dapat terkikis. Tantangan bagi India adalah mengubah keyakinan bahwa Afrika adalah mitra yang sangat penting dalam visi menciptakan dunia baru dan adil. Pembangunan hubungan India-Afrika di masa depan akan didasarkan pada penciptaan masa depan yang berkelanjutan bagi sebagian besar penduduk dunia *(Knight, 2000)*. Pengentasan kemiskinan dan peningkatan taraf hidup masyarakat di kedua belahan dunia dengan masa depan yang lebih baik harus menjadi tujuan kerja sama di masa depan. Kekuatan kolonial lama di Eropa dan bahkan Amerika kini mengurangi intervensi mereka dalam hal bantuan asing dan juga investasi *(Joffe, 1997)*. Di sinilah terjadi munculnya kekuatan-kekuatan baru berupa Tiongkok dan India. Namun tetap mengingat judul bab dan juga seperti disebutkan sebelumnya tanggung jawab India dalam perkembangannya. strategi investasi, kolaborasi dan kerja sama dengan Afrika perlu mengambil pendekatan yang seimbang untuk masa depan. Negara-negara Kenya. Ghana juga berkembang pesat dalam hal teknologi informasi dan usaha kewirausahaan lainnya yang mempunyai ruang lingkup yang sangat besar bagi usaha India untuk berkolaborasi *(Nayar, 2001)*. Ini bukan hanya sektor yang cerah untuk kerja sama dan kolaborasi tetapi juga dapat memanfaatkan sumber daya manusia muda dan berbakat dari kedua belah pihak. Dinamika hubungan ini dapat berubah namun memiliki potensi besar bagi dinamika masa depan abad ke-21.

India sebagai merek negara yang menyeimbangkan narasi pembangunan dengan tantangan masyarakat dalam isu-isu global abad ke- 21

Pendahuluan :

Teknologi adalah game changer terbesar di dunia saat ini. Cara kita hidup di dunia saat ini didorong dan diartikulasikan oleh teknologi. Namun, teknologi bersifat dinamis dan tidak pernah berhenti pada titik persimpangan tertentu. Peradaban manusia adalah kisah pertumbuhan teknologi dan evolusi umat manusia yang menyertainya. Dunia selalu terbagi berdasarkan akses terhadap teknologi. Sejak awal mula umat manusia, gagasan untuk mengembangkan dan memanfaatkan sumber daya sebaik-baiknya telah melahirkan munculnya evolusi teknologi. Di tengah semua itu kehidupan manusia kita telah ditransformasikan oleh teknologi berupa barang-barang pribadi baik itu telepon yang kini cukup pintar untuk melakukan semua fungsi yang dapat Anda bayangkan. Pernyataan tersebut menyatakan bahwa sebagian besar teknologi telah membuat hidup kita lebih mudah dan menarik, namun kita tidak boleh lupa bahwa ada tantangan dari kecanggihan teknologi juga. Teknologi kini telah mengambil langkah berikutnya dimana data adalah bahan bakarnya dan berdasarkan hal tersebut, teknologi semakin berperan dalam dunia kebijakan pemerintah dan inisiatif tata kelola. Artikel ini ingin menyoroti pentingnya teknologi dan tata kelola sumber daya perkotaan terutama dengan dimulainya diskusi yang lebih intens mengenai perubahan iklim, pemanasan global, dll. Hal ini mempunyai hubungan langsung dengan tingkat emisi yang tinggi.

Energi telah menjadi komponen penting bagi pertumbuhan dan kemajuan peradaban manusia. Seiring dengan perkembangan kita selama berabad-abad, peran pemanfaatan data untuk kemajuan kehidupan manusia telah menjadi pertanyaan. Pangan, Kesehatan, Transportasi sudah menjadi bidang penting yang telah dibahas. Namun, jika menyangkut pertanyaan mengenai pemanfaatan cara terbaik untuk menghasilkan energi, tata kelola masih diabaikan di sebagian besar negara berkembang. Di sinilah peran teknologi menjadi penting. Oleh karena itu, makalah ini akan mencoba menghubungkan optimalisasi Pangan, Kesehatan, dan Transportasi serta Energi sebagai empat pilar dan bagaimana teknologi dapat berperan dalam keseluruhan proses tata kelola akan dibahas di sini. Idenya adalah untuk membangun pemahaman tentang bagaimana pemerintahan berperan dalam masyarakat secara keseluruhan dan apa yang telah dilakukan India dalam hal ini. Di negara dengan populasi terpadat di dunia selama beberapa tahun terakhir, diketahui bahwa kartu Aadhar, UPI telah menjadi salah satu pengubah permainan terbesar terkait dengan pengelolaan data warga serta teknologi keuangan. Namun, perkembangan teknologi dalam dunia produksi pangan/pertanian, layanan kesehatan, transportasi dan yang terakhir, Manajemen Energi Perkotaan akan memainkan peran yang sangat penting dan telah mempengaruhi tata kelola dan keputusan kebijakan di India. Perubahannya berjalan lambat namun kini peran teknologi dalam bidang pemerintahan mulai terlihat.

Telah terjadi perubahan paradigma teknologi dan tata kelola seperti yang terlihat dalam karya **Almgren & Skobelev, D. (2020)** . Makalah ini berbicara tentang "paradigma (gelombang) teknologi keempat (1930–1985) yang dicirikan oleh rekayasa tenaga, manufaktur mesin, dan produksi bahan sintetis dan peralatan komunikasi baru, dan berkontribusi terhadap manufaktur komoditas konsumen, persenjataan, motor dalam jumlah besar. kendaraan penumpang dan truk, mesin lapangan, pesawat terbang, dan semakin pentingnya komputer dan produk perangkat lunak. Ciri khas gelombang keempat masih terlihat di semua negara, bahkan negara yang sangat maju sekalipun. Sektor industri gelombang keempat adalah sektor yang mengonsumsi sumber daya alam (termasuk energi) dalam jumlah besar.

Paradigma teknologi kelima didasarkan pada ilmu komputer, mikroelektronika, bioteknologi, sumber energi dan pembangkit energi jenis baru, rekayasa genetika, material, komunikasi satelit, dan eksplorasi ruang angkasa. Ini juga merupakan periode migrasi dari perusahaan tunggal yang 'berdiri sendiri' ke jaringan elektronik yang saling terkait dari perusahaan kecil, menengah, dan besar, yang berinteraksi secara erat di bidang teknologi, pengendalian kualitas produk, dan perencanaan inovasi. Ciri khas gelombang kelima adalah meningkatnya peran komponen mikroelektronik. Keunggulan paradigma kelima terletak pada individualisasi produksi dan konsumsi, peningkatan fleksibilitas produksi, dan perhatian yang kuat terhadap efisiensi sumber daya.

Asal usul paradigma teknologi keenam dapat ditelusuri kembali ke sekitar tahun 2010. Bioteknologi dan nanoteknologi, rekayasa genetika, teknologi membran dan kuantum, fotonik, mikromekanik, dan energi termonuklir menjadi solusi yang semakin konvensional. Para ahli memperkirakan bahwa sintesis bidang-bidang ini pada akhirnya akan mengarah pada komputasi kuantum dan kecerdasan buatan, serta memberikan akses ke tingkat perkembangan sistem pemerintahan, masyarakat, dan ekonomi yang secara fundamental baru. Para ahli memperkirakan paradigma teknologi keenam akan memasuki fase kedewasaan setelah tahun 2040. Revolusi ilmu pengetahuan, teknis dan teknologi baru yang didasarkan pada pencapaian di bidang teknologi dasar tersebut diperkirakan akan terjadi pada tahun 2020–2025. Ada alasan untuk membuat perkiraan seperti itu: pada tahun 2010, negara-negara yang paling maju secara ekonomi mempunyai 20 % tenaga produktif mereka pada paradigma teknologi keempat, 60 % pada paradigma teknologi kelima, dan sekitar 5 % pada paradigma teknologi keenam. Saat ini kita sedang mengamati reorganisasi struktural perekonomian dunia. Kita dapat mencoba memprediksi lahirnya paradigma teknologi baru dari TI dan teknologi komunikasi serta bioteknologi dengan sejumlah solusi teknologi nano di negara-negara maju di 'dunia pertama', yang pada akhirnya akan menghasilkan 'keuntungan jangka panjang' yang bermanfaat. gelombang pertumbuhan. Penurunan harga minyak merupakan tanda khas berakhirnya periode 'pengiriman'; dan paradigma teknologi baru akan tumbuh secara eksponensial berkat 'difusi' teknologi inovatif dan hemat sumber daya serta pengurangan intensitas energi produksi secara keseluruhan."

Evolusi teknologi dan tata kelola dalam hubungan yang terkoordinasi:

Namun, sebelum artikel beralih ke pembahasan tersebut, perlu diingat bahwa India telah memanfaatkan teknologi berupa pengambilan data untuk 1,4 miliar lebih warganya dalam bentuk Kartu Aadhar. Sistem ini seperti kartu jaminan sosial untuk AS yang telah diterapkan di seluruh India. Kecuali fakta mengenai keragaman geografis, demografi, dan faktor sosial lainnya, artikel ini ingin mengutip contoh dari upaya raksasa ini sebagai salah satu contoh klasik tentang bagaimana data dikumpulkan dan dimanfaatkan untuk tujuan terkait tata kelola. Hal ini telah diterapkan dalam implementasi kebijakan pemerintah di India. Mengumpulkan data masyarakat umum untuk skema kesejahteraan mereka telah membawa perubahan besar bagi jutaan orang di India. Hal inilah yang membuktikan bahwa teknologi dan tata kelola kini telah menjadi bagian penting dalam kehidupan kita. Dari segi kontribusi Aadhar secara keseluruhan yang memiliki semboyan "Hak untuk setiap warga negara" ternyata benar adanya. Dari transfer kawat, skema simpanan pemerintah menjadi lebih mudah karena rekening bank ditautkan ke nomor kartu Aadhar. Salah satu langkah penting di India adalah menghentikan rembesan kebocoran terkait transfer uang dan korupsi yang dilakukan para calo. Di sinilah hal ini mengarah pada titik temu dan titik kritis korelasi antara teknologi dan tata kelola kebijakan.

Davis dkk. (2012) dalam makalah mereka mengatakan bahwa "pemerintahan dapat dipengaruhi melalui berbagai mekanisme, termasuk tindakan militer, transfer dana, penerbitan instrumen hukum, publikasi laporan ilmiah, dan kampanye iklan. Teknologi tata kelola yang berbeda-beda melibatkan pembangkitan dan alokasi berbagai jenis sumber daya, termasuk sumber daya material seperti uang atau personel, dan sumber daya tidak berwujud seperti status dan informasi. Teknologi yang berbeda juga memberikan pengaruh yang berbeda pula terhadap masyarakat. Jadi, misalnya, audit keuangan sebagai salah satu teknologi tata kelola perusahaan mungkin sangat dipengaruhi oleh kombinasi peraturan hukum dan pengaturan mandiri yang terperinci, sementara audit lingkungan hidup dibentuk oleh tekanan dari sejumlah aktor yang lebih tersebar yang mengartikulasikan norma-norma yang kurang rinci. Cara tata kelola tersebut dijalankan sering kali sangat rumit, sehingga menimbulkan tantangan empiris dan analitis yang besar dalam upaya memahami peran indikator sebagai teknologi tata kelola tersebut."

Seperti **Canedo dkk. (2020)** menyatakan bahwa dengan "proses tata kelola yang terdefinisi dengan baik, organisasi dapat memperoleh keunggulan strategis dibandingkan organisasi lain karena mereka secara sistematis mengevaluasi dan meningkatkan proses dan layanan mereka, sehingga organisasi dapat berkinerja lebih baik dan, akibatnya, menjadi lebih kompetitif. Terdapat hubungan antara Teknologi Informasi dan Komunikasi (TIK) dan perbaikan tata kelola, yang memberikan keunggulan kompetitif bagi organisasi dan masyarakat." Untuk memperjelas jika seseorang bingung bagaimana peran teknologi yang dapat dilihat dalam bentuk kartu Aadhar maka harus memahami cara kerja dari sistem tersebut. Hal ini didasarkan pada sistem biometrik yang menangkap semua data dan sulit untuk diduplikasi meskipun kartu identitas Aadhar palsu dapat ditemukan. Namun demikian, dengan isu privasi yang menjadi perhatian utama, pemerintah India juga mampu secara efektif menjalankan kampanye terkait polio, tuberkulosis, skema terkait air, serta program kesejahteraan lainnya. Duplikasi upaya telah mengurangi redundansi sehingga tidak lagi menjadi masalah dan meskipun sensus di India belum dilakukan sejak tahun 2011, pemerintah telah mempunyai data mengenai sebagian besar kampanye besar yang ingin dilakukan. Di sinilah ide teknologi berupa Big Data dan preferensi kebijakan pemerintah saling berjabat tangan. Formalisasi perekonomian juga terjadi dalam bentuk sektor teknologi sirip yang mulai berkembang di India. Hal ini terlihat dari pemanfaatan pemindai UPI di seluruh tanah air termasuk penjual/vendor sektor tidak terorganisir yang memiliki sistem UPI. Formalisasi sistem perbankan dan keuangan India telah mulai mengambil langkah melalui munculnya teknologi yang memainkan peran penting dalam memberikan kemandirian dan literasi keuangan. Ini adalah contoh utama peran teknologi dalam fungsi pemerintahan di India secara holistik dengan kehadirannya yang terus berkembang.

Peran India di negara-negara selatan dalam berbagai sektor teknologi dan pemerintahan

Sektor pertama yang sangat terbantu dalam hal kebijakan dan tata kelola adalah sektor pangan. Berbicara tentang India dan populasinya yang sangat besar khususnya yang masih terpinggirkan, salah satu penerapan penting pemerintah adalah menyediakan makanan. Jumlah data yang dihasilkan dan pemanfaatannya untuk program distribusi pangan telah memberikan keberhasilan yang luar biasa bagi negara seperti India. Cara distribusi pangan sudah berlangsung di India sejak kemerdekaan. Namun, pertumbuhan dampak teknologi penting untuk dipertimbangkan apakah intervensi kebijakan benar-benar membawa perubahan atau tidak. Di era tantangan terkait Covid yang sangat besar, gagasan tentang peran pengumpulan data tidak dapat cukup ditekankan. Untuk menangkap data aktual tentang bagaimana pengelolaan data telah dilakukan dalam kaitannya dengan informasi yang dihasilkan dan kemudian menindaklanjutinya mungkin akan sangat sulit. Namun, pemahaman awal tentang fakta bahwa data sangat penting dalam pengambilan keputusan kebijakan penting tidak dapat diabaikan. Sistem pemalsuan kartu jatah dan pemalsuan informasi masih terjadi hingga saat ini. Namun, tingkat dan dampak teknologi sudah cukup besar dalam hal distribusi pangan bagi sebagian besar masyarakat marginal. Hal ini tidak dapat diabaikan karena memberikan arah dan tujuan pada aspek tata kelola India untuk populasi yang sangat besar dan didukung oleh teknologi.

Berikutnya adalah sektor kesehatan, dimana India mempunyai tantangan besar karena jumlah penduduknya yang besar. Munculnya era Covid menciptakan masalah besar di seluruh dunia. Ini juga merupakan masa ketika teknologi berguna untuk merancang langkah-langkah besar yang berhubungan dengan kesehatan. Terkait dengan hal ini, permasalahan pertama dan terpenting yang dihadapi adalah penyediaan vaksin. Peran teknologi tidak hanya penting dalam pengembangan vaksin, tetapi juga berperan besar dalam munculnya data terkait tata kelola kepada siapa pun vaksin tersebut harus diteruskan. Hal ini memainkan peranan penting dalam pelacakan program vaksinasi serta jumlah vaksin yang tersedia dan diperoleh. Kebocoran vaksin lebih rendah dibandingkan dengan banyaknya vaksin yang beredar di India. Hal ini merupakan sebuah terobosan baru dalam peran pemerintah dan pendistribusian vaksin yang berjumlah lebih dari satu miliar dolar. Memang ini merupakan penemuan teknologi terbesar bagi pemerintah terkait pelacakan informasi terkait vaksinasi secara real time. Munculnya situs web seperti cowin dan lainnya membantu masyarakat untuk membuat janji temu, ketersediaan vaksin bagi mereka yang memiliki akses ke informasi terkait secara online. Dengan cara inilah kita bisa melihat peran teknologi di saat-saat yang penuh tantangan. Oleh karena itu penting untuk mencerminkan bahwa langkah lain yang sedang diambil oleh India adalah rekam medis.

India menjalankan program kesehatan terbesar di dunia dalam hal asuransi pemerintah. Setiap penerima manfaat juga telah diberikan sebuah kartu. Demikian pula di atas kertas, bahkan pemerintah di tingkat negara bagian pun telah menerapkan skema asuransi kesehatan mereka sendiri. Sektor kesehatan penting dalam hal pengelolaan data. Yang terpenting, data terkait kesehatan bersifat pribadi, termasuk daftar penyakit yang dirawat, penyakit atau penyakit, dan berapa besar cakupan asuransi kesehatan terkait pemerintah. Di negara berpenduduk padat dengan begitu banyak data yang dipertaruhkan, peran teknologi dan tata kelola jelas merupakan hal yang sangat penting dalam pengelolaan data dan intervensi kebijakan penting untuk bidang sensitif seperti kesehatan. Peran vaksinasi, asuransi kesehatan serta pencatatan penduduk juga mempunyai risiko tersendiri. Gagasan tentang teknologi tidak dapat diabaikan ketika negara-negara berkembang mencoba menempatkan kebijakan sosial mereka dalam perspektif yang tepat. Di sinilah gagasan tentang data yang digunakan untuk pengambilan keputusan muncul. India telah menjadi yang terdepan dalam perubahan kebijakan terkait data. Di sinilah sebagian besar teknologi dalam hal kebijakan yang disesuaikan dari perusahaan swasta hingga gagasan pemerintah secara umum didasarkan pada kebutuhan masyarakat yang lebih besar. Sektor kesehatan telah menjadi salah satu kisah luar biasa yang berkembang menjadi contoh betapa banyak data dapat berperan dalam sektor yang terkait dengan tata kelola bidang kebijakan utama seperti kesehatan.

Di bidang lain seperti bidang transportasi dan lalu lintas, khususnya untuk registrasi mobil, teknologi tiket lalu lintas serta permainan pajak tol sudah mulai berperan. Hal ini terlihat dari penggunaan fast tag dalam pembayaran pajak tol. Teknologi telah berguna untuk mempermudah pengumpulan pajak. Semakin mudahnya pergerakan kendaraan serta pendataan terkait pelanggaran lalu lintas memudahkan pemerintah dalam melakukan pelacakan kendaraan serta perubahan terkait kebijakan lainnya yang dapat dilakukan. Hal ini terlihat ketika Delhi menerapkan kebijakan ganjil genap yang tidak berjalan sebagaimana mestinya. Namun, ada area di mana intervensi kebijakan dapat dilakukan secara lebih efektif melalui data yang dikumpulkan dan bagaimana hal tersebut dapat berperan terhadap dampak teknologi. Tidak pernah dapat ditekankan bahwa teknologi tidak hanya terbatas pada pemahaman tentang komputer, telepon seluler, mesin cuci, alat pemurni air, dan lain-lain. Mereka tidak masuk akal sampai dan kecuali ada informasi atau data. Hal ini merupakan bahan bakar yang didasarkan pada keunggulan teknologi dan langkah berikutnya dalam evolusi terkait kebijakan. Implementasi dan tata kelola kebijakan yang terbaik pasti akan diperkaya ketika ada data yang mendukungnya. Setiap warga negara merupakan mekanisme penyimpanan data yang dapat dan harus dikerjakan oleh pemerintah di abad [21] yang berupa buku digital.

Ide untuk kota pintar dan tata kelola perkotaan bergantung pada teknologi dan tata kelola. Seperti Canedo dkk. (2020) menyatakan bahwa "Meskipun teknologi digital dapat meningkatkan penyelesaian masalah perkotaan, keselarasan antara kerangka kota cerdas dan ideologi teknologi yang lebih umum masih menjadi permasalahan, sehingga memengaruhi cara kita berpikir, mengatur, dan berpartisipasi di kota. Hal ini telah menghasilkan "mentalitas cerdas", dimana "kota-kota dibuat bertanggung jawab atas pencapaian kecerdasan — yaitu kepatuhan terhadap model spesifik kota yang berteknologi maju, ramah lingkungan dan menarik secara ekonomi, sementara kota-kota 'beragam', yaitu kota-kota yang mengikuti jalur pembangunan yang berbeda, secara implisit dibingkai ulang sebagai penyimpangan cerdas". Di sinilah inisiatif kebijakan pemerintah India khususnya dalam hal inisiatif kota pintar dapat dilihat sebagai penjajaran antara teknologi dan tata kelola yang merupakan bagian dari pengelolaan perkotaan. Hal ini terlihat pada kota-kota pengelolaan sampah yang cerdas untuk mentransformasi kota-kota seperti Indore dan bahkan di tempat lain seperti Kota Baru, Kolkata dan Bengaluru misalnya.

Ide pertumbuhan teknologi di India sebenarnya telah membantu pencairan banyak inisiatif kebijakan. Dalam makalah yang membahas peran teknologi dan tata kelola, gagasan pengelolaan perkotaan khususnya dalam kaitannya dengan kebijakan terkait iklim adalah sesuatu yang perlu dicermati. Semakin pentingnya teknologi menjadi sangat penting di sini untuk mengendalikan dan mengawasi jumlah emisi. Di negara seperti India di mana emisi karbon menjadi salah satu perhatian utama, skenario ideal adalah memanfaatkan mekanisme kontrol bagi industri, individu, serta unit lain yang terlibat dalam emisi. Di sinilah perhatian utama terhadap optimalisasi sumber daya serta efisiensi energi dapat ditingkatkan ke tingkat yang lebih baik terutama di wilayah perkotaan. Pembahasan sebelumnya terkait bidang kesehatan, teknologi, transportasi semuanya berperan dalam pengendalian efisiensi terkait emisi yang dapat berperan besar dalam tata kelola terkait penciptaan kota perkotaan cerdas. Perencanaan masa depan kota pintar di India mengambil langkah kecil untuk membangun ekosistem dan lingkungan perkotaan yang dibangun berdasarkan gagasan kota hemat energi. Hal ini melibatkan pembangunan sistem ramah lingkungan yang benar-benar dapat memanfaatkan teknologi untuk sistem hemat energi. Sebagian besar masyarakat perkotaan modern dan maju sudah memanfaatkan kekuatan efisiensi energi yang merupakan langkah penting bagi kolaborasi teknologi dan tata kelola.

Kota-kota di India menghadapi tantangan besar berupa kenaikan suhu global, urbanisasi yang tidak terencana, dan emisi yang tidak terkendali. Untuk memperbaiki tata kelola perkotaan khususnya dalam hal pengurangan polusi dan pengendalian emisi, diperlukan penggunaan teknologi yang sangat besar. Hal ini sudah terlihat dari penempatan alat pemurni polusi. Hal ini dikemukakan berdasarkan data yang telah dikumpulkan berdasarkan data terkait emisi. Penting bagi tata kelola perkotaan terutama dari tingkat pengambilan kebijakan lokal untuk memperkenalkan teknologi. Aspek tata kelola akan muncul berdasarkan pemahaman yang tepat tentang pentingnya data. Teknologi berupa pengontrolan AC, mobil listrik, fasilitas lainnya berupa eskalator, lift, semuanya merupakan bagian dari satu masyarakat perkotaan. Secara kolektif, kebangkitan dan pertumbuhan masyarakat perkotaan di India tidak direncanakan dan terjadi secara tergesa-gesa. Di sinilah peran lembaga-lembaga kebijakan publik perlu diperluas melampaui kota-kota ke kota-kota kecil dan memberikan arahan bagaimana langkah-langkah selanjutnya dapat diambil untuk pertumbuhan dan evolusi hal-hal terkait tata kelola yang dibantu secara teknologi. Hal ini menjadi fokus pemerintah India sejak munculnya mekanisme perencanaan kota pintar.

Hal ini telah berlangsung selama satu dekade terakhir dan terdapat beberapa kota yang menunjukkan potensi yang luar biasa meskipun optimalisasi dan kesatuan pemanfaatan sumber daya masih menunggu untuk dicapai.

Kebangkitan industri telekomunikasi telah menjadi salah satu bidang utama yang mendorong revolusi informasi dan telekomunikasi yang mendorong India. Penyebaran dan pertumbuhan perluasan telekomunikasi di seluruh India telah memungkinkan masyarakat umum dan pemerintah untuk terhubung pada tingkat yang lebih baik. Menghilangkan elitisme dan kekusutan dalam bahasa Inggris, bahkan bahasa-bahasa lain kini telah hadir dengan cara yang luas dalam menjangkau masyarakat luas. Ponsel telah menjadi salah satu instrumen utama untuk menjangkau para petani, kelompok marginal lainnya, dan tentu saja elit perkotaan. Namun, tanpa membingungkan ketiga bagian tersebut, jika kita melihat pada para petani, maka sejak lama peran teknologi dapat ditemukan dalam cara para petani mendapatkan informasi dari pemerintah dalam hal cuaca, pola tanah, dll. Ini adalah contoh klasik tentang bagaimana teknologi dan tata kelola dapat berperan dalam masyarakat modern di negara berkembang, bahkan di antara komunitas yang terstratifikasi. Peran tata kelola sangatlah penting dalam hal memberikan dampak pada bagian yang lebih besar dan peran pihak swasta juga memainkan peran yang sangat penting. Kecepatan data yang semakin murah memungkinkan akses terhadap kebijakan-kebijakan penting yang bermakna dan dapat berdampak pada masyarakat luas. Pertanian di India telah lama bergantung pada unsur-unsur dasar sejak munculnya teknologi.

Maraknya kebijakan seperti revolusi hijau merupakan hasil dari kehebatan teknologi yang mentransformasi India. Ini adalah salah satu contoh perintis tentang bagaimana teknologi dan tata kelola bersatu untuk menjembatani antara teknologi dan tata kelola. Ini adalah bagaimana langkah pertama menuju kecukupan pangan di India dapat dilihat dengan kemajuan teknologi dan kebijakan terkait tata kelola. Itulah bagaimana, kapan, di mana, mengapa kemajuan teknologi dapat diperhitungkan. India sebagai sebuah studi menunjukkan bahwa dari belahan dunia selatan, teknologi berperan dalam akses terhadap data dan informasi. Bidang-bidang penting yang telah disebutkan di atas seperti pangan, kesehatan, transportasi dan terutama yang terkait dengan pembangunan berkelanjutan, pelacakan data utama sangatlah penting. Beginilah cara India memanfaatkan teknologi dengan contoh revolusi hijau, revolusi telekomunikasi, dll. Dalam kaitannya dengan isu-isu terkait tata kelola, kesejahteraan sosial, akses terhadap program pemerintah memainkan peran yang sangat penting dalam intervensi kebijakan. Hal ini dapat dilihat dari pencapaian-pencapaian penting tertentu yang telah dicapai oleh India dalam kurun waktu tertentu. Namun, tantangan terbesar yang dihadapi India saat ini adalah bagaimana pemerintah dapat menyeimbangkan tujuan netral karbon dan tujuan pembangunan berkelanjutan tanpa berkompromi dengan tantangan besar dalam aspirasi pembangunan. Sebuah negara di belahan bumi selatan dihadapkan pada tantangan besar yang tidak akan mudah namun aspirasinya akan selalu tetap ada.

Masa depan teknologi dan tata kelola dalam lingkup global:

Mulligan & Bamberger, (2018) berbicara tentang "kota-kota dibuat bertanggung jawab atas pencapaian kecerdasan — yaitu kepatuhan terhadap model spesifik kota yang berteknologi maju, hijau, dan menarik secara ekonomi, sementara kota-kota yang 'beragam', yaitu kota-kota yang mengikuti jalur pembangunan yang berbeda, juga bertanggung jawab atas pencapaian kecerdasan. secara implisit dibingkai ulang sebagai penyimpangan cerdas"

Makalah di sini tidak mengusulkan kerangka teoritis atau model. Namun, tujuannya adalah untuk menelusuri bagaimana peran teknologi dalam proses evolusi pemerintahan yang dibantu oleh teknologi. Gagasan tentang teknologi dan tata kelola adalah proses konsisten yang harus dimanfaatkan oleh setiap negara demi kepentingan masyarakat dan penduduk yang lebih besar. Ini adalah bagaimana skala tata kelola secara keseluruhan telah membaik dan meningkat dalam bentuk teknologi yang menjadi kekuatan intervensionis. Gagasan mengenai mekanisme terkait kebijakan ini adalah untuk memungkinkan kemajuan teknologi meresap ke dalam nilai manfaatnya bagi masyarakat umum. Peran teknologi di India jika ditelusuri sejak kemerdekaan dapat dilihat dalam bentuk teknologi luar angkasa, teknologi terkait pertanian dan pangan, transportasi, dan terakhir pengembangan terkait energi. Inilah yang menjadi kisah teknologi dan pemerintahan. Selain itu, artikel/makalah tersebut tidak secara khusus berfokus pada satu bidang tertentu. Ia telah mencoba untuk menghasilkan sebuah narasi yang dapat membangun masa lalu dan dapat memberikan arah untuk masa depan. Di India, ancaman terbesar yang akan muncul dari segi tantangan masa depan juga bergantung pada cara pemerintah berupaya menerapkan teknologi yang benar-benar dapat membantu rakyat jelata. Hal ini telah disebutkan dalam hal intervensi terkait teknologi dan kebijakan melalui UPI, perbankan, dan bidang kesehatan sebelumnya.

Privasi data jelas merupakan salah satu hal utama yang menjadi perhatian di zaman modern. Namun, di dunia modern, skenario idealnya adalah

menyeimbangkan dikotomi kelemahan teknologi. Keputusan yang berorientasi pada tata kelola dan kebijakan tidak bisa lepas dari efek samping. Idenya adalah untuk memanfaatkan tata kelola dan teknologi untuk memberikan keamanan yang lebih baik, akses terhadap sumber daya yang akan menciptakan masyarakat yang lebih baik. Beginilah cara masyarakat manusia modern berfungsi ketika kepercayaan terhadap pemerintah khususnya di tingkat perkotaan berada pada posisi yang berlawanan dalam era baru pemerintahan yang dibantu teknologi. Bidang penting lainnya dalam tata kelola terkait data adalah kendali atas ruang digital. Ini adalah salah satu cara yang bekerja seperti pedang bermata dua. Melacak ruang terkait internet adalah bagian yang sangat penting dari isu terkait kebijakan serta pengambilan keputusan tata kelola. Di sinilah pentingnya fase tata kelola selanjutnya di era internet dan dunia maya. Hal ini mencakup peningkatan keselamatan dan lingkungan yang aman bagi masyarakat, terutama kaum muda dan kelompok rentan dari ancaman dunia maya. Di negara seperti India, dimana penipuan siber dan penipuan merupakan salah satu yang tertinggi di dunia, penting bagi fungsi pemerintahan untuk mengambil keputusan kebijakan dengan sangat hati-hati. Kontrol atas internet, WhatsApp, dan saluran komunikasi berorientasi teknologi lainnya juga memainkan peran penting dalam hal ini. Karena skenario inilah era baru teknologi dan tata kelola muncul.

Hutten (2019) berbicara tentang "Tata kelola yang baik mengarah pada pengelolaan yang baik, kinerja yang baik, dan investasi uang publik yang baik, perilaku publik yang baik, dan hasil yang baik. Para gubernur organisasi layanan publik menghadapi tugas yang sulit. Mereka adalah orang-orang yang bertanggung jawab atas tata kelola—kepemimpinan, pengarahan, evaluasi, dan pemantauan organisasi yang mereka layani. Tanggung jawab mereka adalah memastikan bahwa mereka mencapai tujuan dan sasaran organisasi-organisasi ini dan bahwa mereka bekerja demi kepentingan publik. Layanan ini harus memberikan hasil positif bagi penggunanya, serta memberikan nilai bagi wajib pajak yang mendanai layanan ini. Mereka harus menyeimbangkan kepentingan publik dengan akuntabilitas dan kepatuhan. Ada bukti jelas bahwa banyak orang mengalami kesulitan dalam memenuhi tanggung jawab ini."

Pendekatan narasi Studi Kasus: Empat kota di India dan implikasinya terhadap perencanaan kota

Tidak ada data empiris atau kerangka teoritis seperti yang disebutkan di atas yang disarankan. Sebaliknya, makalah ini berupaya untuk menelusuri evolusi tata kelola pemerintahan, bagaimana pemerintahan tersebut terbentuk, terbentuk di negara seperti India, dan berevolusi menuju dimensi masa depan. Makalah ini berbicara tentang bagaimana perjalanan teknologi dan tata kelola telah saling terkait dalam kurun waktu yang lama. Hal ini bertujuan untuk berkontribusi dalam mengukur perjalanan teknologi dan evolusinya dalam berkolaborasi dengan pemerintahan. Dalam pemahaman keilmuan telah terdapat makalah yang memusatkan perhatian pada dunia pemerintahan dan teknologi khususnya di bidang siber dan sektor teknologi informasi telah bermetamorfosis. Hal serupa juga dilakukan di bidang kesehatan dan pendidikan meskipun analisis gabungan di berbagai sektor tampaknya belum ada. Berfokus pada beragam bidang dengan penekanan pada India dalam hal mengakses evolusi sejarah adalah hal yang diharapkan dapat disumbangkan oleh makalah ini. Ini telah membentuk dirinya sendiri dalam hal alur makalah seperti yang disebutkan sebelumnya. Elemen teknologi dan tata kelola di semua sektor penting seperti yang disebutkan di atas dalam bentuk pendidikan, kesehatan, dunia maya, dan energi dalam hal asal usul, evolusi, dan jalur masa depan telah mengalami beberapa perubahan. Hal ini jauh lebih penting ketika berada di negara seperti India; negara dengan jumlah penduduk terbesar di dunia dengan segudang tantangannya sebenarnya dapat memanfaatkan teknologi untuk tata kelola yang berorientasi pada kebijakan yang berdampak pada jutaan orang. Makalah ini berulang kali mencoba menyoroti dan merefleksikan nuansa dan tantangan yang telah dipecahkan atau diatasi berdasarkan titik temu antara teknologi dan tata kelola. Dari segi sektor, contoh sektor-sektor yang telah disebutkan telah menciptakan arah baru dan membuka peluang-peluang baru. Makalah ini diharapkan dapat membuka jalan baru bagi penelitian masa depan yang akan membawa data empiris untuk memajukan cakupan makalah dalam hal berkontribusi terhadap kesenjangan penelitian. Makalah ini akan membantu dalam menetapkan gagasan teknologi dan tata kelola di negara-negara selatan yang merupakan tempat yang cocok bagi India. Sebagai bangsa yang menghadapi tantangan besar dan mampu mengatasinya meski memiliki banyak kekurangan, karya para sarjana dan kutipan makalah ini mengedepankan highlight bahwa teknologi mungkin bukan obat mujarab untuk setiap permasalahan. Ada banyak bidang di mana teknologi masih membingungkan dan yang lebih penting adalah pihak-pihak yang seharusnya menerapkannya, yaitu kita juga berupaya untuk memanfaatkannya dengan benar. Persimpangan antara kecerdasan manusia dan teknologi sangatlah penting dan penting dalam evolusi langkah-langkah yang akan diambil oleh pemerintahan. Komponen pembuatan kebijakan yang berbasis data dan berbasis titik temu yang membantu pemerintah untuk mengatur langkah-langkah kebijakan utama dengan munculnya kecerdasan buatan muncul sebagai langkah masa depan dalam perjalanan antara teknologi dan tata kelola.

Tantangan yang dihadapi negara seperti India dalam hal menyeimbangkan aspirasi dan lingkungan hidup: Tidak mengherankan jika kota-kota di India selalu berada di urutan teratas kota-kota paling berpolusi di dunia. Bagian terbesar dari laporan lingkungan hidup dalam 10 tahun terakhir adalah laporan mengenai betapa tercemarnya kota-kota di India. Meskipun secara umum terdapat kebingungan antara polusi dan perubahan iklim, skenarionya tidak seharusnya demikian. Perubahan iklim khususnya dalam bentuk pemanasan global umumnya disebabkan oleh polusi. Saat ini, ketika memahami cara mengendalikan polusi, emisi, dan menyeimbangkan pembangunan berkelanjutan, idenya adalah memanfaatkan peran tata kelola dan teknologi. Pertanyaannya selalu bagaimana caranya? Makalah ini secara konsisten berfokus pada tema tantangan India. Seperti disebutkan sebelumnya, makalah ini didasarkan pada narasi dan bukan empiris. Tantangan-

tantangan yang dihadapi oleh negara dengan jumlah penduduk terbesar di dunia seperti India merupakan triple frontier yang akan dibahas kemudian. Kota-kota di India telah mencoba menggunakan teknologi dalam upaya memerangi polusi dan dampak tambahannya. Delhi telah mencoba terlebih dahulu menerapkan sistem ganjil genap sebagai arahan pemerintahan pemerintah Delhi. Namun peran teknologi masih tertinggal. Pertanyaan yang mungkin diajukan adalah bagaimana teknologi dapat berperan. Yang pertama dan terpenting, basis data mobil yang didaftarkan ke alamat yang sama baik yang bernomor genap maupun ganjil perlu dilacak agar kebijakan tersebut benar-benar bermakna. Artinya, jika sebuah keluarga beranggotakan empat orang dengan dua mobil yang pelat nomornya masing-masing berakhiran ganjil dan genap, maka keluarga tersebut hanya diperbolehkan membawa satu mobil berdasarkan nomor yang dipilihnya. Di sini peran pengelolaan basis data dan perpajakan jarak jauh melalui pembayaran telepon seluler menjadi berguna. India telah memiliki teknologi ini, namun implementasinya dalam skala yang lebih luas untuk menghadapi tantangan utama dalam mengatasi masalah terkait polusi sangatlah penting. India juga fokus pada pembangunan infrastruktur transportasi umum berupa salah satu metro terpanjang di dunia. Pengenalan tiket yang lancar dan menjaga biaya tetap terjangkau di metro Delhi telah menjadi salah satu dari banyak cara. Berikutnya adalah pemanfaatan teknologi dalam hal pemetaan AQI (Indikator Kualitas Udara) dan pemasangan alat pembersih udara di area sensitif untuk menghasilkan kualitas udara yang dapat dihirup. Proyek percontohan telah dimulai namun menyoroti tantangan polusi, kemiskinan dan populasi.

Kolkata: Benggala dan India Bagian Timur

Jika kita mulai melihat pantai timur India di mana terdapat kota-kota penting seperti Kolkata, Bhubaneshwar dll. peran melihat konservasi alam, perencanaan kota dan tata kelola terkait teknologi memainkan peran yang sangat penting. Berbicara mengenai pantai timur India, pemanasan global dan perubahan iklim kini mengharuskan kota-kota di pantai timur India untuk menghadapi setidaknya satu topan setiap tahunnya. Hal ini tidak hanya menimbulkan kerumitan besar bagi pemerintah tetapi juga sejumlah tantangan rekonstruksi. Terlihat bahwa negara-negara berkembang yang lebih miskin seperti Haiti, Nepal sudah menghadapi beban terberat dari bencana alam dan perubahan iklim. Berbicara mengenai fenomena ini, pemerintah Benggala Barat fokus pada konservasi **pohon sundari (Hutan Mangrove)** [1] dan menanamnya lebih banyak lagi karena memiliki peran yang luar biasa dalam memitigasi kekuatan depresi siklon yang terjadi setiap tahun. Pepohonan yang ditanam semakin banyak memberikan ruang bagi pemukiman perkotaan di

---

1. https://scroll.in/article/1032297/in-west-bengal-ambitious-efforts-to-plant-mangroves-yield-limited-results

bagian timur untuk menghadapi topan dengan kekuatan yang lebih kecil terutama dari Kolkata. Ini adalah contoh kearifan lokal yang kini dipraktikkan. Selain itu, seiring dengan dipraktikkannya kearifan lokal, terdapat juga dampak dan pengaruh pengetahuan yang telah ditemukan dengan penggunaan pemetaan geo-spasial dan lokasi teknologi depresi siklon juga memainkan peran penting dalam peran tersebut. mekanisme tata kelola. Berbicara tentang pemetaan geo-spasial siklon dan aspek lainnya, India telah mengambil inisiatif meluncurkan satelit untuk memantau iklim dan polusi udara atas nama seluruh Asia Selatan. Ini bukan hanya sebuah inisiatif baru namun juga menandakan peran besar India dalam menciptakan nation brand dalam bentuk negara yang mengambil langkah-langkah untuk membantu lingkungannya agar dapat memantau iklim dan pemetaan polusi dengan lebih baik. Sekarang kembali ke titik awal ide untuk melindungi kota-kota di zona timur akan bergantung pada tindakan berdasarkan kearifan lokal dan kemudian menciptakan penerapan teknologi untuk pemerintahan dengan tantangan-tantangan yang tidak beralasan di masa depan. Kini berpindah ke zona selatan India, kasus narasi lain tentang Bengaluru sebagai sebuah kota selalu menjadi pusat diskusi untuk serangkaian tantangan yang berbeda. Namun, hal itu akan terjadi kemudian. Sampai saat ini, mengenai tantangan yang ada, Kolkata masih memiliki permasalahan tersendiri yang perlu diungkap. Kolkata dulunya adalah salah satu kota padat dengan tingkat polusi ekstrem sehingga inisiatif cerdas yang menggabungkannya dengan teknologi sudah mulai dilakukan. Ini hadir dalam bentuk bus pintar dengan pembersih udara [2], toko daur ulang dan sampah pintar[3] pengumpulan yang sudah terjadi di kota-kota lain di India juga. Lebih lanjut mengenai hal ini akan dibahas nanti, namun yang pertama dan terpenting adalah pentingnya hal ini bagi negara seperti India yang memiliki segudang tantangan. Berbicara tentang gunung, tulisan ini akan mengintrospeksi Delhi dan permasalahan besarnya terkait dengan masalah emisi dan meningkatnya sampah gunung. Melanjutkan kota Kolkata, kota ini menghadapi tantangan besar dalam hal partikel di udara. Kolkata sebagai kota terpenting merupakan pemukiman perkotaan tak terencana yang diciptakan pada masa Inggris. Kota, seperti negara berkembang atau neo-kolonial lainnya, selalu menghadapi tantangan, kecuali koloni pemukim seperti Amerika Serikat, Australia, Selandia Baru, dan Kanada. Kembali ke Kolkata, untuk mengatasi tantangan pertumbuhan pemukiman perkotaan, kota-kota satelit untuk mengurangi dampak emisi dan meningkatkan kualitas hidup adalah resep kebijakan pertama. Di sinilah, pendaftaran satelit seperti kota Saltlake dan Kota Baru, di sekitar kota Kolkata

---

[2] https://www.hindustantimes.com/cities/kolkata-news/west-bengal-govt-launches-buses-with-air-purifiers-in-kolkata-to-beat-pollution-101686042102914.html

[3] https://timesofindia.indiatimes.com/city/kolkata/new-town-gets-one-stop-waste-to-wealth-store/articleshow/78689888.cms

muncul. Ini adalah permukiman terencana dan menyediakan kehidupan perkotaan yang didukung teknologi dengan perencanaan dan ruang lingkup investasi, perluasan, dan perbaikan. Contoh terbaik mengenai hal ini adalah Kota Baru, Kolkata yang memiliki tingkat polusi lebih rendah. Juga didukung dengan perencanaan kota, pengelolaan limbah dan kaitannya dengan argumen awal makalah yang mengedepankan konservasi energi, transportasi dan pengelolaan data mengenai kualitas hidup perkotaan, perkembangan baru ini dapat disebut sebagai contoh baru.

Bengaluru: Lembah Silikon India

Hal ini akan membawa kita menjauh dari negara bagian timur ke negara bagian selatan yaitu Bangalore atau Bengaluru. Di kota tersebut terdapat tantangan yang berbeda-beda walaupun memiliki tema yang sama. Meningkatnya pemukiman perkotaan, banyaknya pembangunan yang dilakukan dengan tergesa-gesa dan putus asa telah menciptakan serangkaian tantangan lain bagi kota ini. Bangkitnya kota ini sebagai pusat teknologi telah mengubah kota taman di India yang dulunya merupakan pemukiman barak militer menjadi pemukiman perkotaan modern. Namun, tingkat permasalahan perkotaan yang terkait dengan kualitas hidup dan penanganan ledakan populasi perkotaan masih belum terjawab. [4].

---

[4] https://bengaluru.citizenmatters.in/making-sense-of-bengalurus-messy-urban-development-data-117710

Bangalore sebagai narasi kasus mengedepankan isu urbanisasi yang cepat, emisi perkotaan dan isu kualitas hidup, pembangunan berkelanjutan, dan emisi. Semua ini dapat dicermati dan diselesaikan melalui advokasi dan fokus pada transportasi umum. Ini adalah salah satu wilayah di mana status aspirasi warga negara India untuk memiliki mobil pribadi meniru materialisme masyarakat barat sebelumnya serta kurangnya inisiatif pemerintah untuk berinvestasi pada transportasi umum khususnya angkutan massal perkotaan bahkan 5 tahun yang lalu memang merugikan Bangalore. Hal ini baru terlihat dalam 5 tahun terakhir yang terlihat adanya terburu-buru dalam meningkatkan infrastruktur publik di Bangalore. Hal ini menimbulkan masalah dengan masuknya pemukiman perkotaan dan menempati ruang kota. Bangalore yang mengikuti langkah-langkah global dan bahkan langkah-langkah di kota-kota di India akhirnya mencoba memberikan tanggapan terkoordinasi yang melibatkan resep kebijakan yang sama seperti yang dibahas di Kolkata. Segala sesuatu telah dikatakan dan dilakukan, Bangalore dalam menangani permasalahan perkotaan tampaknya belum sepenuhnya memahami cara untuk menangani permasalahannya. Kota ini telah menghadapi tekanan yang semakin besar seiring dengan semakin kompleksnya tantangan kehidupan perkotaan. Urbanisasi yang tidak terencana telah menjadi tantangan berat yang hanya dapat diselesaikan dengan tata kelola data, administrasi bebas korupsi, dan pengelolaan teknologi pada komponen perencanaan kota. Namun, hal ini lebih mudah diucapkan daripada dilakukan dan ini bukan hanya tentang menuliskannya di selembar kertas. Idenya adalah untuk mendistribusikan kembali populasi, mengurangi transportasi pribadi dan kemudian mendapatkan investasi untuk proyek infrastruktur publik. Di atas kertas investasi yang terjadi adalah pada angkutan umum yang memberikan kemudahan dan pergerakan lalu lintas. Bangalore adalah salah satu kota yang menghadapi dampak terbesar dari pesatnya urbanisasi tanpa melakukan perencanaan yang matang. Infrastruktur dan penghubungan teknologi untuk tata kelola perkotaan tentunya merupakan sesuatu yang perlu diperhatikan oleh India untuk generasi mendatang. Bengaluru telah menjadi kasus klasik di mana kesalahan pengelolaan sumber daya perkotaan telah menyebabkan permasalahan. Ironisnya, meski dijuluki "Silicon Valley of India", perencanaan kotanya harus lebih baik dan tepat. Bangalore meski tidak masuk dalam kategori kota dengan polusi ekstrim meski memiliki tantangan tersendiri terkait kemacetan lalu lintas dan fasilitas perkotaan. Peran teknologi dan tata kelola menunjukkan bagaimana kualitas hidup yang baik bergantung pada pengembangan fasilitas perkotaan yang juga dapat mengurangi dampak pemanasan global, perubahan iklim yang dipercepat oleh lalu lintas perkotaan, emisi, dan tekanan populasi. Dalam konteks perkotaan untuk menciptakan mekanisme pembangunan berkelanjutan, poin yang telah disebutkan khususnya untuk kota-kota di India akan difokuskan pada tantangan dan tekanan yang akan datang. Renovasi badan air, insentif penggunaan angkutan umum, penghambatan angkutan pribadi serta perbaikan infrastruktur perkotaan [5]. Hal ini merupakan jalan ke depan bagi pembangunan infrastruktur perkotaan serta pertumbuhan kota-kota yang dapat membawa India menuju tujuan netralitas bersih karbon pada tahun 2070. Tantangan-tantangan yang ada sangatlah ekstrim dalam konteks urbanisasi yang pesat dan tantangan-tantangan ekstrim yang sudah datang. Bengaluru dapat mengambil sedikit manfaat dari mendorong solusi cerdas yang sederhana namun dapat dicapai. Sistem lalu lintas, pemantauan energi dan perencanaan kota telah dibahas dalam upaya koordinasi teknologi dengan tata kelola. Berikutnya adalah pertanyaan tentang langkah-langkah sederhana yang dapat dijadikan resep kebijakan.

Mumbai: Kota Maksimum India dari Pantai Barat

Narasi ini dapat dibawa ke pesisir barat India dengan fokus pada Mumbai, salah satu kota paling padat dan terkena dampak paling luas di India dan dunia karena

---

[5]

https://bangaloremirror.indiatimes.com/bangalore/civic/bengaluru-we-have-a-problem-its-our-lakes/articleshow/97289067.cms meningkatnya jumlah penduduk dan buruknya infrastruktur publik termasuk masalah pemukiman. Mumbai mewakili tantangan pembangunan perkotaan di masa sekarang tanpa melambat atau mengendur. Kota di pantai barat India ini mempunyai banyak permasalahan yang harus diselesaikan terutama karena kota ini rentan terhadap tekanan populasi perkotaan, kenaikan permukaan air laut serta mimpi buruk infrastruktur dengan permasalahan pemukiman. Mumbai telah mulai mengerjakannya melalui tiga cara. Yang pertama berupa reklamasi lahan dari laut untuk membangun proyek transportasi dan juga terkait infrastruktur. Hal ini memiliki implikasi penting untuk mengurangi tekanan pada transportasi yang selalu menjadi masalah karena jalan yang tidak direncanakan, kurangnya ruang terbuka dan meningkatnya jumlah mobil pribadi di jalan. Di sinilah aspek kedua muncul, yaitu mendorong ekspansi agresif di bidang infrastruktur publik khususnya transportasi. Mumbai selalu menghadapi beban terberat dari tekanan berlebihan pada jaringan kereta api lokal karena banyaknya orang yang datang dari pinggiran kota dimana tekanan populasinya sangat ekstrim. Di sinilah perluasan angkutan massal cepat memainkan peran besar dan menjadi fokus. Berikutnya adalah permasalahan kualitas hidup perkotaan di Mumbai yang parah dan ekstrim dalam banyak hal. Mumbai mempunyai reputasi yang luar biasa karena menjadi tuan rumah daerah kumuh terbesar di Asia. Di sinilah pengembangan kota-kota satelit berperan besar dalam mengurangi pemukiman perkotaan dan mengurangi permukiman kumuh. Navi Mumbai adalah contoh proyek tersebut dengan pengelolaan ruang yang lebih baik, fasilitas umum yang lebih baik, dan emisi perkotaan yang lebih rendah. Menghubungkan dua pemukiman perkotaan adalah langkah pertama bagi Mumbai. Proyek serupa sedang dilakukan di Kolkata, Delhi dan bahkan di Bengaluru dan kota-kota lain yang belum disebutkan di sini. India ingin memproyeksikan dirinya sebagai negara adidaya dan negara berkembang yang membanggakan, namun hal ini harus dilakukan tanpa adanya tantangan politik dan sosio-ekonomi. Yang perlu difokuskan adalah memberikan masyarakat kualitas hidup yang baik. Standar hidup jika diukur dari kepemilikan materi dapat ditemukan di daerah kumuh Dharavi (daerah kumuh terbesar di Asia). Namun, jika seseorang mengunjungi kamar-kamarnya yang berbentuk jongkok yang terletak di pinggir kota dekat Bandara, kamar-kamar tersebut penuh dengan pemukiman yang sebanding dengan negara-negara lain di negara berkembang yang memerangi kemiskinan perkotaan dan serangkaian tantangan perkotaan baru yang menyertainya. . Pemerintah Mumbai dan India perlu dan sampai batas tertentu berupaya menciptakan kota yang lebih baik atau memberikan akses terhadap prospek kehidupan yang lebih baik bagi generasi berikutnya. Kota Mumbai yang juga dikenal sebagai kota terbesar seperti kota-kota lain di India menghadapi masalah warga negara yang mungkin tidak merasa bertanggung jawab atau kurang pengetahuan atau niat.[6] . Kota-kota di negara berkembang menghadapi masalah partisipasi aktif warga negara atau kurangnya moral serta pendidikan untuk ambil bagian. Mumbai mungkin merupakan bagian dari kategori tersebut yang juga dapat dikatakan sebagai kota-kota lain di India tetapi mungkin masalah di Mumbai ini sangat menonjol. Disiplin, partisipasi aktif warga negara, serta peran teknologi dan tata kelola telah muncul di India selama masa pandemi COVID-19. Ini adalah bagaimana kisah setiap kota di India dapat bergerak maju meskipun terdapat juga korupsi yang mengakar dan masalah-masalah lainnya. Di negara yang berpenduduk padat seperti India, dimana lapangan kerja atau sumber lapangan pekerjaan berada di sekitar kota-kota metropolitan, dorongan terhadap pemukiman kembali di perkotaan sudah cukup ditekankan. Alokasi sumber daya sangat penting untuk menghadapi tantangan abad ke -21. India adalah negara besar dengan banyak tantangan dan makalah ini menyajikan narasi tentang empat kota besar di negara ini yang memiliki tema umum yaitu tekanan populasi perkotaan, kurangnya fasilitas transportasi umum, dan infrastruktur perkotaan. Mumbai, seperti dua kota lain yang disebutkan di atas, telah berfokus

---

[6] https://m.timesofindia.com/city/mumbai/how-planning-and-development-of-mumbai-can-involve-citizens/articleshow/100691710.cms

pada hal ini, namun di tengah semua hal tersebut, surat kabar ini tidak ingin kehilangan jejak mengenai peran teknologi dan tata kelola. Mumbai seperti yang dibahas sebelumnya telah menghadapi begitu banyak tantangan namun kini kembali lebih kuat. Proyek-proyek baru seperti proyek jalan pantai yang akan dibuka akhir tahun ini adalah contoh modern dari pembangunan infrastruktur inovatif yang akan mengurangi waktu mobilitas. Konsep kemudahan mobilitas dalam hal pencatatan data lalu lintas dan insentif serta punishment juga dapat berperan penting untuk mengurangi tekanan terhadap kehidupan kota. Sedangkan untuk pembangunan kembali perkotaan, seluruh kawasan kumuh Dharavi kini menjalani rekonstruksi dalam hal alokasi ruang dan didesain ulang berdasarkan penyediaan fasilitas dasar.[7]. Ini adalah langkah-langkah kecil dan penting dalam menciptakan pengalaman baru hidup di kota-kota yang sangat padat di wilayah selatan. Hal ini membawa kita ke posisi terakhir, namun tidak kalah pentingnya, Delhi dalam hal tantangan perkotaan.

Delhi dan ibu kotanya penuh teka-teki

Delhi adalah kota tua yang mewakili sejarah kuno namun juga merupakan pengingat akan kehidupan perkotaan yang stagnan, terlalu padat penduduknya, dan menyusahkan. New Delhi adalah kota versi baru

---

[7] https://asia.nikkei.com/Spotlight/Asia-Insight/Mumbai-slum-residents-stand-up-against-Adani-s-redevelopment-plan

yang hadir sebagai pemukiman perkotaan untuk mengatasi krisis dan permasalahan kota. Delhi secara konsisten menempati peringkat kota paling tercemar di dunia terkait dengan langkah-langkah yang telah diambil namun belum terbukti cukup. Meningkatnya jumlah bus listrik, Bus yang dioperasikan dengan bahan bakar gas untuk mengurangi emisi bahan bakar fosil masih terbukti sulit untuk dikurangi. Hal ini mempunyai kesamaan dengan kepadatan perkotaan, transportasi pribadi dan faktor-faktor yang telah disebutkan sebelumnya untuk kota-kota lain. Namun, Delhi, di antara semua kota di India, memiliki jumlah angkutan perkotaan terpanjang. Namun masalah sebenarnya terletak pada emisi industri serta emisi terkait pertanian yang berasal dari negara-negara tetangga di sekitar Delhi. Berbicara mengenai hal tersebut mari kita coba menghubungkan kembali tema peran teknologi dan tata kelola khususnya terkait dengan permasalahan pemanasan global, perubahan iklim dan pengelolaan perkotaan. Delhi dapat menjadi contoh utama dari inisiatif ini dan bagaimana pemerintah India dapat berperan dalam hal ini. Pemerintah Delhi telah bekerja sama dengan negara-negara tetangga untuk mengurangi emisi dan membuat perubahan kebijakan yang tepat [8]. Teknologi dapat memainkan peran penting seperti

---

[8] https://www.newindianexpress.com/cities/delhi/2023/may/16/experts-brainstorm-on-strategies-to-improve-air-quality-in-delhi-2575552.html

yang telah disebutkan sebelumnya melalui pencitraan geospasial, pemetaan panas, dan penerapan kebijakan untuk memasang alat penurun kelembapan dan pembersih udara. Meskipun ini adalah program berbasis uang yang besar namun hal ini dapat dilakukan. Faktanya, Bank Dunia telah memberikan pinjaman tertentu untuk melaksanakan infrastruktur tertentu berdasarkan jalur ini. Peran penting lainnya dalam penerapan teknologi akan didasarkan pada kredit karbon dan program insentif hijau di kawasan industri di sekitar Delhi yang telah mencemari Sungai Delhi, Yamuna dan merupakan salah satu penyumbang udara paling beracun di dunia. Kurangnya inisiatif dalam skala yang lebih besar untuk mengatasi permasalahan tersebut telah menimbulkan banyak permasalahan. Masalah pengelolaan sampah perkotaan juga menjadi masalah bagi Delhi dengan meningkatnya tumpukan sampah di pinggiran Delhi. Hal ini dapat menjadi area utama dimana peran teknologi dan tata kelola berbasis bukti dapat berguna. Hal ini karena di wilayah perkotaan seperti Delhi yang memiliki banyak tantangan, permasalahannya dimulai dari kurangnya perencanaan dan investasi. Dalam hal pengelolaan sampah di negara yang sama dengan kota seperti Indore, meskipun jumlah penduduknya lebih sedikit dan padat, para startup berupaya melakukan pemilahan sampah. Delhi adalah salah satu kota yang benar-benar dalam masa pinjaman. Pemerintah Delhi dalam perselisihan birokrasinya dengan pemerintah pusat telah kehilangan banyak implementasi kebijakan yang seharusnya penting. Peran teknologi dan tata kelola pemerintahan merupakan kunci dalam penyelesaian masalah, namun saran di atas kertas saja tidak akan berhasil karena fokus pada tata kelola yang berpusat pada masyarakat masih kurang dalam penerapannya. Delhi sebagai ibu kota India telah menghadapi permasalahan sosial ekonomi dan politik selain pemanasan global dan perubahan iklim yang menjadi permasalahan nyata. Pendekatan multi-cabang diperlukan untuk menyelesaikan permasalahan tantangan perkotaan di India. Pemerintah Delhi telah mencoba meningkatkan investasi pada transportasi umum dan pembangunan infrastruktur yang masih gagal. Belum lagi persoalan emisi limbah pertanian dan emisi sabuk industri yang telah disebutkan. Tekanan terhadap kota-kota metropolitan tertentu bahkan terjadi dalam konteks global, namun tekanan populasi di Tiongkok, India, dan Asia secara umum menjadikan tugas ini semakin sulit. Di zaman modern, emisi per kapita India masih lebih rendah dibandingkan Amerika Serikat dan negara-negara barat lainnya seperti Eropa. Delhi secara konsisten gagal dalam komitmennya untuk menciptakan kota yang dapat memenuhi standar hidup yang diperbolehkan, terutama sebagai ibu kota India dan kantor pusat pemerintahan. Hal ini terbukti merupakan gambaran poster sebuah kota yang gagal dan meskipun kota-kota yang direncanakan di sekitar wilayah ibu kota negara India yang berpusat di Delhi seperti Noida dan Chandigarh telah muncul, namun isu mengenai pembuatan kota Delhi yang berkelanjutan masih kurang.[9]

Sebuah harapan untuk masa depan global yang berkelanjutan dengan India sebagai pemimpin dalam perjalanannya dari Asia ke Dunia:

Oleh karena itu, dapat dikatakan bahwa beberapa tantangan akan muncul dalam waktu dekat. India sebagai sebuah studi menyoroti tantangan perencanaan kota. Seluruh dunia harus bersatu dan terutama negara-negara Asia perlu mengambil inisiatif yang lebih kuat untuk melakukan hal yang sama. Meskipun benua lain di Afrika khususnya wilayah Sahel telah menghadapi kekeringan parah dan hutan hujan Amazon di Brazil masih menghadapi kehancuran akibat kebakaran hutan. Benua yang menampung $2/3$ umat manusia perlu memainkan peran penting dan di tengah semua ini, negara dengan populasi terpadat India dan tetangganya, negara dengan populasi terpadat kedua, Tiongkok, mempunyai peran yang sangat penting. Perencanaan kota yang cerdas, pengelolaan ekosistem sungai seperti **proyek Gangga Nawami (Peremajaan Gangga)**[10] yang terdaftar oleh PBB sebagai salah satu dari 10 proyek terkait pembangunan berkelanjutan di

---

[9] https://scroll.in/article/1036752/state-pollution-control-boards-in-india-neither-have-enough-staff-nor-expertise

[10] https://avenuemail.in/global-recognition-to-namami-gange-programme/

dunia dapat menjadi mercusuar perubahan. Tantangannya akan semakin berat dan pemerintah tidak bisa berperan sendirian. Masyarakat harus lebih proaktif karena beban dunia ke depan akan ditanggung oleh tiga negara dengan jumlah penduduk terbanyak, yakni Tiongkok, India, dan Amerika Serikat. Oleh karena itu, India di bawah program ambisiusnya saat ini terkait dengan perlindungan lingkungan dan pembangunan berkelanjutan telah meluncurkan inisiatif seperti **LIFE (Gaya Hidup untuk Lingkungan)** [11] dan **Aliansi Surya Internasional (ISA)**. [12] Kedua inisiatif ini seiring dengan dorongan pemerintah untuk mengurangi penggunaan bahan bakar fosil untuk mobil dan menggantinya dengan bahan bakar nabati seperti Etanol yang terbuat dari limbah tebu. Ada juga dorongan untuk adopsi kendaraan listrik **di bawah FAME (Adopsi dan Manufaktur Kendaraan Listrik dan Hibrida yang Lebih Cepat)** [13] skema.

---

[11] https://www.thehindu.com/news/national/pm-modi-launch-mission-life-presence-un-secretary-general-antonio-guterres/article66035847.ece

[12] https://www.pv-magazine-india.com/2023/06/15/india-france-discuss-isa-priorities-for-accelerating-global-energy-transition/

[13] https://m.timesofindia.com/business/budget/govt-budgets-for-green-growth-but-experts-call-it-inadequate-to-tackle-air-pollution/articleshow/97559795.cms

Meskipun kendaraan listrik belum terbukti secara meyakinkan dapat mengurangi tingkat polusi, namun hal ini merupakan langkah demi langkah menuju tujuan ambisius untuk mengurangi emisi hingga nol pada tahun 2070. Bagi negara seperti India, hal ini merupakan masalah besar dan bahkan jika kita melihat angka emisi yang ada saat ini, angka emisi tersebut adalah yang terendah di antara negara-negara besar dalam hal per kapita dan satu-satunya negara yang berhasil mencapai target yang ditetapkan untuk **Tujuan Pembangunan Berkelanjutan pada tahun 2030.** . Perjalanan masih panjang, namun India bahkan pada zaman dahulu memiliki pengetahuan dan gagasan untuk menggunakan sumber daya yang berkelanjutan dan dapat terurai secara hayati, seperti gas memasak dari kotoran sapi yang lebih estetis disebut gas limbah bio. India memegang peranan penting dalam memajukan dunia saat ini dan peradaban manusia kontemporer. Perusahaan-perusahaan teknologi bersih dan agro-startup yang datang dari kota-kota kecil di India mencoba membantu memecahkan tantangan-tantangan di masa depan. Inilah gambaran besar India di abad ke -21 yang berupaya menyeimbangkan antara kebutuhan aspirasi negara berkembang pesat dan tantangan dalam mempertahankan pembangunan berkelanjutan. Situasi inilah yang membuat India dengan beragam daratan dan keragaman etnisnya terpisah dari realitas geografis. Gandhi pernah berkata, " *Kita mempunyai cukup uang untuk memenuhi kebutuhan setiap orang, namun tidak untuk* *keserakahan satu orang* ". Filosofi Gandhi ini perlu diikuti tidak hanya oleh India tetapi oleh semua negara, namun yang terpenting adalah India karena alasan-alasan yang disebutkan di atas. Singkatnya dan pada akhirnya menyimpulkan bahwa ini adalah makalah terstruktur naratif reflektif dan arah masa depan makalah ini dapat meninjau kembali poin-poin yang disebutkan dan bergerak maju dengan data empiris untuk membuktikan dan menyangkal narasi makalah melalui temuan empiris.

Satuan 2: Asia

Asia dan berbagai dimensi globalisasi yang berkembang untuk integrasi ekonomi

Perkenalan

Gagasan tentang pembagian zaman menjadi dua zaman berupa SM dan M telah lazim didasarkan pada kehidupan Yesus Kristus. Seorang mesias ikonik yang telah membagi sejarah global menjadi dua wilayah berbeda. Yang satu sebelum kelahiran Kristus dan yang lainnya setelah kematiannya. Kini pandemi global COVID-19 juga bisa dilihat dengan cara yang sama. Dunia yang bisa kita lihat dengan cara yang sama adalah dunia yang sudah ada sebelum pandemi covd19 dan dunia yang sekarang masih dalam proses dan mencari periode waktu yang dapat dianggap sebagai sesuatu yang pasca-covid19 (Yunling, 2015). Di sinilah gagasan tentang politik, ekonomi, dan masyarakat global mengalami transformasi dalam proses pandemi COVID-19. Di dunia yang sudah banyak melakukan integrasi dan globalisasi semakin pesat, mungkin masih ada celah besar yang tertinggal. Saat ini, di masa pandemi yang tidak terduga ini, politik dunia serta perekonomian, perdagangan dan masyarakat yang terkait dengannya juga telah berubah. Dapat dikatakan bahwa dunia menghadapi epidemi yang bisa disebut sebagai pandemi seandainya Organisasi Kesehatan Dunia sudah ada sejak masa *Black Death* pada abad [ke-] 15 hingga *Flu Spanyol* pada abad ᵏᵉ⁻ 20. Namun, karena dunia saat ini tidak hanya lebih padat penduduknya, namun yang terpenting, lebih terhubung, dampaknya akan sangat luas dan tidak berlebihan.

Ide dari makalah ini adalah untuk memahami apakah *"Neorealisme adalah realisme baru yang menyebar di Asia"*. Ini adalah pertanyaan sentral yang mendasari makalah ini dikerjakan. Dunia pascapandemi dan tren-tren baru yang muncul di Asia sebagai pemain terpenting di dua negara BRICS adalah hal yang ingin dikaji oleh makalah ini.

Global Utara vs Global Selatan

Krisis COVID-19 lahir di masa globalisasi yang sudah terpuruk, bahkan mungkin sudah hancur total[14]. Ada kalanya dunia menghadapi berbagai tantangan dan pada waktu yang bersamaan. Perang dunia atau epidemi ditambah dengan resesi ekonomi, ketegangan sosial telah terjadi sepanjang sejarah dunia. Namun muncul pertanyaan tentang bagaimana dunia di masa yang penuh kontras ini, di mana di satu sisi terdapat batasan dalam mencapai globalisasi dan di sisi lain, pemisahan berdasarkan ketidakpercayaan dan kecurigaan, jika bukan hal yang belum pernah terjadi sebelumnya, merupakan hal yang baru di masa sekarang. Covid19 adalah masa dimana kita memecahkan hambatan dan menciptakan babak baru dalam dunia yang terbagi antara geo-politik "agenda

---

[14] (Steven A. Altman, 2020) "Akankah Covid19 berdampak jangka panjang terhadap globalisasi?

pembangunan Global Utara versus Global Selatan" dan/atau "bentrokan sosial-ekonomi dan budaya di belahan dunia Timur. melawan Barat". Di antara semua ini, ada pertanyaan penting yang perlu diajukan, yaitu apakah kita tidak hanya bertanggung jawab memimpin dunia dengan kekuatan hegemonik tunggal, namun juga kumpulan kekuatan dalam posisi kolektif (Chee, 2015). Ada juga perluasan gagasan mengenai apakah dinamika tersebut ditinjau kembali atau terjadi revisi di kuadran global yang terbagi secara global menjadi Utara vs Selatan dan Timur vs Barat. Ini adalah sebuah tantangan yang mungkin tidak dapat diatasi dengan arogansi dan kesombongan negara-negara Barat, namun mungkin karena adanya tatanan global yang baru.

Kerangka Teoritis

Kerangka teori makalah ini didasarkan pada gagasan "Teritorialisasi". Bagaimana negara-negara India dan Tiongkok menggunakan konsep melindungi kedaulatan mereka sendiri adalah salah satu bagian dari makalah ini. Dua aspek lain yang coba diangkat dalam tulisan ini adalah konsep De-Teritorialisasi dan Re-Teritorialisasi yang merupakan hilangnya suatu wilayah baik secara fisik, ekonomi maupun budaya dan yang lainnya adalah proses mendapatkan kembali wilayah yang sama di wilayah dimana wilayah tersebut berada. pengaruhnya tidak ada, melemah atau hilang dari segi fisik maupun sosial ekonomi dan budaya.

Integrasi ekonomi

Sekarang pertanyaan yang paling penting adalah mengenai cara ekonomi dan politik integrasi global. Idenya adalah mengenai bagaimana pandemi global saat ini telah menciptakan gelombang baru gejolak sosio-ekonomi dan dampak buruknya. Sekarang jika kita mempersempit pendekatan sistem global ini maka mari kita persempit pada benua yang berada di tengah-tengah situasi global yang menuntut adanya perubahan. Benua yang berada di tengah badai perubahan gelombang pandemi adalah Asia (Zhao, 2020). Benua Asia memiliki sejarah yang kaya dan telah lama menjadi yang terdepan dalam narasi budaya dan politik global. Jika kita melihat kembali sejarah peradaban manusia global maka baik itu peradaban kuno *Indus, Mesopotamia, Sumeria, Cina bahkan Mesir* mengingat Mesir merupakan perpanjangan dari Asia barat maka akan terlihat jelas bahwa pernah ada benua Asia sebagai seorang tokoh kemajuan peradaban global. Hanya peradaban Yunani dan Romawi yang terlihat lahir dari dunia barat. Bahkan dari segi budaya baik itu *Jepang, Cina, India, Persia, Arab, Turki bahkan Rusia* yang menjadi jembatan penyeberangan ke barat dari bagian timur atau Asia membuktikan fakta bahwa benua Asia pernah menjadi salah satu pendorong utama lambang budaya peradaban manusia. Oleh karena itu, Asia mempunyai arti penting tersendiri.

Nah berbicara tentang Asia, kawasan *Asia Barat* yang secara kolonial disebut sebagai *Timur Tengah* mempunyai dimensi yang sangat penting untuk dimainkan. Ini adalah salah satu kawasan strategis terpenting di dunia dan tentu saja di Asia di mana kekuatan-kekuatan barat masih terlibat. Perjuangan untuk keadilan, demokrasi dan peningkatan taraf hidup masyarakat ada perjuangannya masing-masing. Di masa pandemi ini telah terjadi kerusuhan di Lebanon, kekhawatiran terhadap Palestina dan juga ancaman ekonomi yang membayangi serta kekhawatiran dan penundaan atas tertundanya *Dubai World Expo 2020* yang kini diundur ke tahun 2021 dan bahkan *piala dunia sepak bola Qatar 2022* . Oleh karena itu, Asia bagian barat yang menghubungkan Eropa, Afrika, dan Asia memiliki peran rantai pasokan yang sangat penting juga. Sanksi terhadap Iran atau politik dalam negeri Arab Saudi khususnya pada saat ini bisa menjadi sebuah bencana besar. Ketegangan terkait isu Israel-Palestina [15] , perekonomian Yordania yang rapuh selain Lebanon dan tentu saja kehancuran Irak-Suriah yang tidak diketahui jalur rekonstruksinya adalah beberapa masalah paling mendesak yang tidak memiliki solusi jangka panjang dan hanya memperburuk keadaan dengan adanya pandemi global. Berbicara mengenai bencana dan pandemi global, krisis kemanusiaan terburuk saat ini adalah Yaman, namun tantangan di Timur Tengah masih belum selesai. Inilah saatnya bagi dunia untuk mengambil pandangan baru terhadap wilayah ini[16]

---

[15] (Daniel Avelar & Bianca Ferrari, 2018) "Israel dan Palestina adalah kisah kolonialisme modern"

[16] (Navdeep Suri dan Kabir Taneja, 2020) diakses dari The Hindu.com: "Dalam krisis pandemi menjembatani jurang pemisah dengan Asia Barat"

Sekarang pertanyaannya adalah sebelum makalah ini mencoba untuk melihat lebih jauh ke Asia dan mendalami Asia Barat dan bagian lain di Asia, penting untuk memahami Asia dan mengapa hal ini penting. Politik Asia dan dunia saat ini mungkin lebih terhubung dibandingkan benua lain di dunia. Jika kita melihat benua lain dari Eropa dimana Uni Eropa sendiri merupakan kesatuan yang bersifat close secara umum. Belum lagi Brexit yang kini sudah menjadi proses. Jauh di bawah Samudera Atlantik terdapat Amerika. Di wilayah utara, kita melihat Amerika Serikat yang jelas terkena dampak krisis cov19 dalam hal jumlah. AS telah menduduki peringkat sebagai negara terbaik dalam hal kesiapsiagaan menghadapi pandemi, namun di dunia nyata, negara yang dianggap sebagai pembela dunia bebas telah berjuang untuk membendung COVID-19. Di sisi lain, ada Kanada yang sebenarnya tidak pernah menjadi pemain global namun dalam hal standar kualitas hidup domestik, mereka tetap mempertahankan posisinya. Bahkan selama pandemi Covid-19 meskipun Kanada pada awalnya menderita, Kanada berhasil kembali ke jalur yang benar berkat jumlah populasi yang lebih rendah dan langkah-langkah lainnya.[17] .Terakhir namun tidak kalah pentingnya di daratan Amerika Utara adalah

---

[17] (Raluca Bejan dan Kristina Nikolova, 2020) diakses dari Dalhousie University "Bagaimana Kanada dibandingkan dengan negara lain dalam hal kasus dan kematian akibat COVID19"

Meksiko yang masih merupakan negara dengan perekonomian berkembang namun dikelilingi dan dikelilingi oleh Kanada dan Amerika Serikat yang makmur dan kuat. Belum lagi perannya dalam politik global sangat terpengaruh karena dua negara tersebut (Velasco, 2018)

Di ujung Amerika Utara dan sebelum awal Amerika Selatan merupakan bagian kecil dari Amerika Tengah. Sebuah wilayah seperti anak benua India namun jauh lebih kecil, terbagi antara "Republik Pisang" yang dilanda kemiskinan dan pengecualian dalam bentuk Panama yang tumbuh berkat uang AS. Yang paling tersebar adalah Karibia di mana beberapa pulau terjebak dalam kebiasaan seperti Haiti atau Kuba yang tersesat dan di sisi lain ada pula yang makmur meskipun terancam karena pandemi seperti Republik Dominika, Bahama, dll. Pertanyaannya mungkin adalah mengapa dan bagaimana hal ini penting dalam konteks global. Itu akan dijawab nanti. Kini bergerak ke selatan, ada bagian selatan Amerika yang beberapa waktu lalu dipandang sebagai harapan baru bagi sosialisme dan masyarakat egaliter di negara-negara berkembang. Sebuah masyarakat di mana luka lama kolonialisme dan bahkan peradaban yang lebih tua serta ide-idenya dapat disandingkan untuk memberikan peran besar bagi Amerika Selatan. Namun, mulai dari krisis mata uang Argentina hingga kemelaratan dan kepergian Brazil hingga dekadensi yang lebih besar telah mengecewakan Amerika Selatan. Ekspektasi terhadap dua negara besar seperti Argentina dan Brazil meski bersaing satu sama lain agaknya mengalami penurunan. Meskipun negara-negara seperti Peru, Chile, meski menghadapi permasalahan, telah mengalami pertumbuhan ekonomi namun kemakmuran mereka tidak terlalu berpengaruh dalam hal dampak kecil yang dapat ditimbulkannya terhadap Amerika Latin.

Gagasan tentang Amerika bagian utara dan selatan serta bagian tengah dan Karibia saling bersilangan di banyak negara dan peran, aspirasi, keberhasilan dan kegagalan masing-masing. Nah kalau kita kembali ke Asia dan yang terpenting di Asia bagian barat disebut juga Timur Tengah sejak zaman penjajahan (Ramadhan, 2018). Namun demikian, artikel ini juga membahas keadaan Amerika meskipun secara singkat poin utama dari konteksnya adalah untuk memberikan perhatian pada bagaimana dan mengapa Asia memiliki salah satu peran paling penting di dunia. Kembali ke Timur Tengah, kawasan ini mempunyai peran penting karena merupakan titik kontak utama yang masih mengikat kawasan Asia dalam hal keamanan terutama dengan barat. Asia Barat telah menyaksikan pergolakan dalam hal negara-negara dengan perbatasan buatan yang lebih rumit dibandingkan dengan rezim kolonial. Kemudian muncul aspek penting dari pemerintahan dan demokrasi. Sebuah kawasan yang penting tidak hanya bagi Asia tetapi juga bagi seluruh dunia dalam hal relevansinya. Oleh karena itu, Asia Barat selalu menjadi wilayah yang penting di dunia dan sifatnya yang penuh gejolak telah mendorong dunia dalam hal geo-politik juga. Kini yang menjadi pertanyaan adalah bagaimana kawasan yang telah menjadi pusat gejolak sejak masa bersejarah ini dapat maju bersama dalam perdamaian dan kemakmuran. Tidak ada jawaban sederhana terhadap pertanyaan ini jika konflik telah merajalela dalam sejarah.

Asia Barat mempunyai sejarah konflik yang diperburuk oleh politik energi dan tawaran kolonial. Kekuatan-kekuatan Eropa yang datang dan mendominasi negara-negara saat ini telah menjadi negara-negara yang mandiri dan bangga dengan hak mereka sendiri. Namun, dunia Timur Tengah telah terpecah belah karena sektarianisme, yaitu perpecahan agama yang selalu menghambat suara masyarakat. Situasi telah dikendalikan oleh kediktatoran yang mengatur masyarakat berdasarkan agama, opini politik, dan lain-lain. Sifat-sifat inilah yang selalu memungkinkan adanya intervensi dari luar, terutama yang dilakukan oleh dua kekuatan dunia yaitu Amerika Serikat dan Rusia. Abad yang disebut-sebut sebagai abad Asia dan dalam dua dekade ini Asia telah berhasil mewujudkan hal tersebut, namun kita perlu melihat Asia Barat sebagai langkah pertama menuju solidaritas Asia. Wilayah Asia Barat dengan negara-negara yang dilanda perang dan medan perang proksi antara dua kekuatan Islam di Asia bukanlah pertanda baik bagi benua ini. Jalur energi dan pentingnya kawasan ini tidak hanya bagi Asia dan dunia saja[18]

---

[18] (F. Rizvi, 2011) diakses dari onlinelibrary.wiley.com "Melampaui imajinasi sosial dari benturan peradaban"

.Wilayah yang menjadi salah satu negara terkaya di dunia ini juga menjadi salah satu kawasan penyumbang pengungsi terbesar khususnya ke Eropa. Ini adalah beberapa pertanyaan terbesar yang perlu dicermati dan dipilah meskipun membutuhkan banyak waktu

Integrasi ekonomi Asia

Sekarang jika kita pindah ke wilayah lain di Asia maka bisa jadi itu adalah Asia Tengah karena wilayah ini juga menjembatani Eropa dengan Asia dan belum lagi merupakan halaman belakang Rusia. Asia Tengah lebih tenang meski kaya akan energi. Belum lagi adanya pertikaian politik atau lebih tepatnya unjuk kekuatan militer, namun keseimbangan politik sangat menguntungkan Rusia sehingga hampir tidak ada bedanya bagi dunia. Dalam hal pentingnya bagi Asia, kawasan Asia Tengah pernah menjadi pusat utama perdagangan sutra dan kemudian pasca rezim Uni Soviet menjadi pusat politik energi. Rusia berusaha untuk menjaga kawasan tetap terkendali dan bahkan secara agresif. Pada tahun 2008 Georgia diserang oleh Rusia tetapi dunia tetap diam, begitu pula negara tetangga Georgia. Saat ini, di tengah krisis COVID-19, wilayah Asia Tengah relatif tidak terlalu terpengaruh dan negara-negara seperti Turkmenistan sudah berada dalam skenario normal. Kini timbul pertanyaan apakah Asia Tengah menjadi lebih penting dari sebelumnya pasca rezim Uni Soviet. Jawabannya adalah ya, namun tetap berada di bawah pengaruh Rusia. Hal ini menjadikan kawasan Asia sebagai pemain yang sangat penting dalam politik global (Foreign Policy, 2020). Ide untuk kawasan di Asia Tengah adalah untuk terus mengembangkan kawasannya masing-masing sekaligus menyeimbangkan Rusia. Hal ini dapat dikaitkan dengan negara-negara tertentu seperti Azerbaijan sedangkan negara-negara seperti Kazakhstan, Uzbekistan masih mempertahankan kedaulatannya.

Kini pertanyaannya adalah apa yang menjadikan kawasan Asia Tengah begitu penting dan langkah-langkah apa yang dapat diambil untuk mencapai kemakmuran dan kerja sama yang lebih besar di Asia. Hal ini mengharuskan negara-negara Asia Tengah untuk bersatu. Meskipun mereka adalah bagian dari *Uni Eurasia* dan juga *organisasi Kerjasama Shanghai*, kedua organisasi ini menunjukkan proposisi yang sangat berbeda. Yang pertama lebih seperti sebuah serikat pekerja yang dirancang untuk menjaga agar Rusia tetap memegang kendali. Sedangkan yang kedua lebih bersifat multilateral dan memiliki banyak pemain termasuk Tiongkok, India, Pakistan, dan tentu saja Rusia juga. Oleh karena itu, platform ini dapat dipertimbangkan untuk memanfaatkan Asia Tengah dalam membangun proyek infrastruktur energi sebagai langkah pertama. Hal ini bisa dilihat sebagai platform pertama dan dari sinilah kemakmuran bersama di Asia, terutama dalam hal keamanan energi, meski memainkan permainan politik yang sesungguhnya, dapat terwujud. Sebagian besar negara-negara Asia Tengah tidak berfungsi berdasarkan demokrasi atau merupakan demokrasi semu. Akan tetapi, untuk mencegah terjadinya kerusuhan, hal ini bergantung pada upaya untuk menjaga agar upaya pembangunan tetap berjalan. Dalam hal kesejahteraan, ada beberapa negara yang sudah unggul, namun beberapa negara di Asia Tengah masih memiliki tingkat pembangunan manusia yang rendah, dimana negara-negara seperti India, meskipun mempunyai tantangan dalam pembangunan manusia, bisa menjadi contoh. Belum lagi Tiongkok telah berinvestasi di lingkungan mereka tetapi mungkin tidak ingin membuat marah Rusia yang menganggapnya sebagai halaman belakang eksklusif mereka.

Gagasan mengenai koridor energi di Asia dan yang paling penting adalah dinamika perdagangan energi merupakan hal yang sangat penting bagi kawasan Asia Tengah. Jika kita melihat negara-negara di Asia Tengah yang juga mencakup negara-negara yang sebagian besar diakhiri dengan *"stan"* seperti Tajikistan, Turkmenistan, Kazakhstan, Uzbekistan dimana Kazakh juga merupakan negara besar, masih banyak lagi yang bisa dimainkan di kawasan ini. Mitra dagang mereka bisa lebih banyak berasal dari negara-negara Asia. Tiongkok telah banyak berinvestasi di negara-negara ini, belum lagi India juga memperhatikan kawasan ini dalam hal energi dan kebijakan keamanan sebelum pandemi COVID-19. Namun, pascapandemi ini, persamaan semua negara akan berubah dan negara-negara Asia khususnya yang dapat memainkan peran yang lebih menjembatani dan memajukan "Asian Energy Sphere" (Ramadhan,

2018). Gagasan mengenai negara-negara penghasil energi di Asia dari barat seperti Arab Saudi, Qatar & Iran hingga negara-negara Asia tengah seperti Uzbekistan, Kazakhstan dan bahkan hingga Asia Selatan dan Tenggara mungkin tampak tidak masuk akal tetapi hal ini mungkin terjadi. Faktanya, seperti halnya kereta kargo yang beroperasi antara Asia dan Eropa melalui Tiongkok dan India, hal ini juga dapat diwujudkan dalam bentuk jaringan pipa energi. Investasi telah terjadi di beberapa bidang, namun masih banyak lagi yang bisa diharapkan. Iran dengan pelabuhan Chabaharnya telah muncul sebagai jalur energi dan perdagangan baru yang mengatasi sanksi barat secara pragmatis.

Seluruh wilayah Asia Tengah akan mulai membangun infrastruktur, meskipun bukan hanya proyek yang diimpikan oleh Tiongkok dalam bentuk inisiatif *"Satu Sabuk, Satu Jalan"*, namun serupa dalam hal tersebut dan juga lebih inklusif. Asia Tengah dapat menjadi platform dimana Asia dapat bermimpi untuk mendapatkan energi, pembangunan infrastruktur dan yang paling penting mengembangkan kesejahteraan bagi kehidupan masyarakat. Beberapa negara telah mampu melakukan atau sedang dalam proses, sementara ada negara lain yang tampaknya masih memahami identitas mereka sebagai sebuah negara dan mungkin diperlukan lebih banyak waktu bagi mereka untuk menemukan arah tersebut (Narins & Agnew, 2020). Namun, satu hal yang penting untuk dicatat adalah bahwa infrastruktur yang dipadukan dengan perdagangan energi dan pandangan geo-politik yang seimbang dapat membawa kemakmuran di kawasan ini. [19] . Asia yang memiliki jalan pembangunan ekonomi yang besar ke depan meskipun telah menunjukkan kinerja yang baik dalam 40 tahun terakhir dalam hal pertumbuhan ekonomi dan pengentasan kemiskinan, perlu mengambil langkah lebih jauh lagi. Di sinilah peran Asia Tengah akan berperan. Eropa bergantung pada Rusia untuk energi dan juga berdagang dengan negara-negara Asia Tengah lainnya. Namun, jika berbicara tentang Asia, negara-negara Asia Tengah memiliki banyak pasar untuk dilirik dan juga potensi kerja sama seperti yang disebutkan sebelumnya untuk membangun kawasan ini sebagai tempat di mana seluruh wilayah Asia dapat terhubung. Keterhubungan yang dapat terjadi atas visi bersama mengenai kemakmuran ekonomi untuk pembangunan kontinental.

Jika kita beralih dari Asia Tengah sambil tetap melanjutkan konteks pembangunan ekonomi dan kemakmuran, maka kita harus melihat ke kawasan Asia Timur. Dalam hal pendapatan per kapita dan pembangunan walaupun masih sedikit tertinggal dibandingkan pendapatan per kapita Eropa Barat, Amerika Serikat, Kanada, Australia namun tidak ada keraguan sedikit pun bahwa wilayah Asia ini benar-benar telah melampaui impian Asia. Bagian Asia yang

---

[19] (Eleanor Albert, 2019) diakses dari Thediplomat.com "Rusia, energi alternatif di lingkungan Tiongkok"

mengalami industrialisasi pada tahap awal selain Eropa dan Amerika telah berada di puncak kesuksesan Asia melalui keajaiban Asia Timur.[20] . Ketika kita melihat wilayah Asia Timur, kita dapat menemukan negara-negara kecil seperti benua Eropa namun merupakan pusat industri atau bisnis besar seperti Jepang, Korea Selatan, Taiwan, Hong Kong, Makau, dll. Asia bagian timur merupakan satu-satunya negara Asia yang mampu menangkal kekuatan barat dan bahkan memiliki kekuatan imperial sendiri berupa Jepang. Negara yang hancur selama perang dunia ke-2 akibat insiden bencana nuklir yang terkenal namun muncul sebagai salah satu pusat manufaktur utama di Asia. Saat ini Jepang sedang berjuang melawan pandemi COVID-19 dan juga semakin cemas apakah Olimpiade Tokyo akan diadakan atau tidak. Olimpiade telah ditunda ke tahun depan dan Abenomics baru Jepang yang telah diremajakan dengan kembali ke sektor manufaktur serta penguatan ekonomi jasa memiliki tantangan yang harus dihadapi ke depan.

Kini pertanyaan yang paling penting adalah bagaimana Asia Timur bisa maju dan memimpin Asia dan juga dunia ke fase berikutnya. Di sinilah peran

---

[20] (Birdsall, Nancy M. Campos, Jose Edgardo L. Kim, Chang-Shik Corden, W. Max MacDonald, Lawrence Pack, Howard Page, John Sabor, Richard Stiglitz, Joseph E. 1993) diakses dari dokumen.worldbank.org "The Keajaiban Asia Timur: pertumbuhan ekonomi dan kebijakan publik"

"Tiongkok" berperan. Dari zaman bersejarah hingga zaman modern, kecuali penjajahan yang menundukkan negara ini, selalu menjadi bagian utama dan penting di dunia. Tiongkok yang membanggakan peradaban kuno dan juga lingkungan budaya yang kaya memiliki sejarah inovasi yang panjang dan saat ini di zaman modern Tiongkok telah mampu mengambil peran sebagai "Produsen" dunia (Minghao, 2016). Lompatan kuantum dalam kerangka waktu dan melampaui negara-negara industri maju di Eropa Barat saat ini Tiongkok adalah negara di dunia yang mampu memajukan Asia dengan skala bisnis dan perdagangannya yang besar serta menggeser keseimbangan kekuatan dari barat ke kanan ke " Pivot" . *dari Asia* "[21] . Ada banyak permasalahan yang diangkat mengenai Tiongkok baik itu geo-politik, pelanggaran hak asasi manusia atau yang penting adalah mekanisme politik internal mereka. Namun tidak ada keraguan bahwa Tiongkok saat ini adalah pusat politik Asia dan juga satu-satunya kekuatan yang muncul untuk menantang kekuatan militer barat. Sehat. Namun, pertanyaan yang lebih penting adalah apakah kebangkitan Tiongkok bersifat damai dan negara-negara Asia lainnya juga dapat ikut mendukung Tiongkok. Jawabannya walaupun sangat umum namun masih dapat dilihat sebagai jawaban

---

[21] (Premesha Saha, 2020) diakses dari orfonline.org "Dari 'Pivot to Asia' hingga ARIA Trump: Apa yang mendorong Kebijakan AS di Asia saat ini?

dari banyak negara di Asia yang menghambat "Asian Pax Lens" (Lu et al.2018).

Keajaiban di Asia Timur adalah keajaiban yang telah mendorong negara-negara seperti Korea Selatan, Jepang dan Tiongkok keluar dari peringkat kemiskinan dan menjadi salah satu kekuatan ekonomi terpenting di dunia saat ini. Di sinilah peran Asia Timur menjadi sangat penting di masa sekarang di tengah pandemi Covid19 dan pasca pandemi untuk memimpin Asia. Korea Selatan telah menjadi studi kasus yang sukses. Demikian pula, Tiongkok meskipun dikritik karena kerahasiaan awalnya dalam memberi tahu dunia tentang virus dan membiarkan virus menyebar, namun menurut catatan mereka, Tiongkok masih berhasil menahan infeksi virus. Meskipun pada saat yang sama Tiongkok telah terlibat dalam ketegangan diplomatik dan geo-politik, namun perannya masih belum selesai. Tiongkok telah berusaha menjaga reputasinya dengan membagikan masker dan peralatan lain yang diperlukan untuk memerangi COVID-19, namun terdapat dampak buruk terhadap reputasi Tiongkok sebagai merek nasional. Ada konteks yang sangat penting di sini bagi Tiongkok daripada bersikap asertif dalam apa yang disebut diplomasi "Prajurit Serigala" (CNN.com). Sebuah diplomasi yang didukung oleh agresi tetapi Tiongkok mungkin memiliki peluang yang hilang pada waktunya untuk mendekatkan negara-negara Asia. Tiongkok telah kehilangan inisiatif yang pernah terlihat sebelumnya dan kini benua ini berupaya menjauh dari pengaruh mereka (Liang 2020). Hal ini mungkin akan berlangsung lama, namun upaya untuk Tiongkok dimulai sekarang juga.

Kerja sama negara-negara Asia dengan Tiongkok hanya dapat dimulai dengan kerja sama yang tulus. Di sini kata "asli" mungkin terkesan utopis atau tidak realistis dalam dunia hubungan internasional. Namun, hal ini mungkin terjadi jika Tiongkok dapat membangun kepercayaan negara-negara Asia dan bersikap lunak terhadap aspirasi teritorial mereka. Di sisi lain, Jepang dan Korea Selatan telah berusaha untuk menyelesaikan perbedaan masing-masing meskipun Korea Selatan juga perlu tetap mewaspadai tetangganya di utara berupa Republik Rakyat Demokratik Korea (Korea Utara). Insiden kerusuhan di Hong Kong dan disahkannya undang-undang Tiongkok baru-baru ini mengenai Hong Kong menurunkan status otonomi mereka. Tawaran Tiongkok terhadap Taiwan juga sejalan. Iritasi yang menjadi pusat perhatian Tiongkok ini juga mendorong politik Asia. Pergeseran kebijakan besar-besaran di Asia hanya dapat terjadi ketika negara-negara Asia lainnya dapat bersatu sebagai alternatif terhadap pernyataan Tiongkok jika Tiongkok mengubah cara mereka seperti yang disebutkan dalam paragraf di atas. Alternatif kedua jelas tidak masuk akal dan lebih bersifat utopis mengingat "Real Politik" versi Tiongkok (Johnston, 2019). Namun, kembali ke narasi pertama adalah mungkin jika gagasan persatuan Asia dipertimbangkan dalam dunia pascapandemi di mana investasi, perdagangan dan ekonomi perlu dilihat lebih dari sekedar keuntungan. Poros kerja sama di lingkungan Asia Timur dapat meluas ke seluruh benua.

Bagian Asia yang belum dibahas adalah Asia Tenggara dan Selatan. Jika kita melihat kawasan ini, geo-politik Asia dan dunia saat ini berpusat pada dua kawasan penting tersebut. Jika kita melihat Asia Tenggara, maka kawasan itulah yang sudah mampu membentuk pengelompokan sub-regionalnya dalam bentuk ASEAN yang sudah berjalan dengan baik. Kawasan ini dapat dibagi menjadi tiga kategori negara, beberapa di antaranya adalah negara sangat maju, negara berkembang, dan negara kurang berkembang. Calon negara yang paling maju adalah Singapura, Malaysia, dan Brunei. Sementara Indonesia, Vietnam dan Thailand, Filipina sedang berkembang dan telah mempunyai pengaruh penting di Asia dan juga pertumbuhan ekonomi global. Yang terakhir adalah Kamboja, Laos dan Myanmar adalah negara-negara yang paling terbelakang. Kini kawasan penting di Asia ini dapat dijuluki sebagai "gelembung ekonomi Asia" yang baru. Tempat-tempat seperti Singapura dan bahkan Malaysia telah memantapkan diri sebagai pusat layanan dan perbankan. Mereka memiliki perpecahan etnis internal yang lebih jelas terlihat di Malaysia yang telah mengalami pergolakan politik sebelum pandemi melanda dan masih terus berlanjut. Brunei di sisi lain adalah negara kaya minyak dan juga memiliki masyarakat yang sangat berorientasi Islam. Brunei di Asia Tenggara ibarat cerminan negara-negara Asia Barat. Oleh karena itu, negara-negara kaya di Asia Tenggara ini memiliki peran penting dalam hal investasi dan perdagangan di benua Asia (Huang, 2016).

Di sisi lain, jika kita melihat negara-negara berkembang seperti Thailand, Indonesia, Vietnam dan Filipina, semuanya tidak hanya mempunyai kepentingan ekonomi namun juga tanggung jawab keamanan. Sayangnya terkait dengan negara Asia berupa China. Wilayah Laut Cina Selatan yang kembali menjadikan Tiongkok sebagai faktor bersama terkait dengan penguasaan atas Tiongkok Selatan dan sumber daya yang dimilikinya [22]. Keempat negara yang disebutkan di atas memiliki konteks yang sangat penting dalam hal politik geo-keamanan yang melibatkan Amerika Serikat, India, Jepang, Korea Selatan, dan bahkan Australia. Pertumbuhan ekonomi Vietnam sudah pasti menjadi perbincangan baru di Asia dan begitu pula Filipina meskipun negaranya miskin, presidennya mudah marah dan masalah-masalah sosial, belum lagi ancaman ISIS yang akan datang, namun masih berusaha untuk tumbuh meskipun masih banyak pekerjaan yang harus dilakukan. Berikutnya adalah Thailand yang telah berinvestasi dalam proyek infrastruktur di negara-negara Asia meski menghadapi tantangan ekonomi dan pergolakan politiknya sendiri. Thailand telah menjadi negara terkait perdagangan yang penting dan memegang posisi penting dalam hal transit

---

[22] (Rahul Mishra, 2020) diakses dari Thediplomat.com "Luka yang Ditimbulkan Tiongkok di Laut Cina Selatan"

perdagangan di Asia. Di sinilah pentingnya Thailand dan telah terlepas dari perekonomian berbasis pariwisatanya. Terakhir adalah india yang disebut-sebut sebagai negara dengan ekonomi besar berikutnya di Asia selain India. Negara ini telah menderita akibat permasalahan kolonial termasuk kemiskinan dan masalah ekonomi, namun akhir-akhir ini Indonesia mulai muncul sebagai pemain penting dan kooperatif di Asia seiring berjalannya waktu.

Berikutnya adalah negara-negara kurang berkembang seperti Kamboja, Laos dan Myanmar yang mempunyai peran penting. Mereka mempunyai peran yang penting karena mereka tidak hanya mempunyai peran dalam pembangunan bagi diri mereka sendiri dan juga bagi benua ini, namun mereka juga mempunyai dimensi keamanan yang penting terkait dengan aspek ekonomi. Tiongkok telah memanfaatkan negara-negara ini untuk pembangunan infrastruktur yang di atas kertas mungkin tampak baik-baik saja, namun ada juga kecenderungan untuk melakukan intervensi dalam urusan dalam negeri seperti yang muncul dari laporan Myanmar belakangan ini (Hillman, 2018). Pemerintah Myanmar mengeluh bahwa Tiongkok menghasut kelompok teror di Myanmar. Di negara yang terletak di persimpangan Asia Tenggara dan Selatan, India juga sangat giat berinvestasi dan juga menjaga hubungan baik. Faktanya, India telah mampu melakukan serangan bedah terhadap pemberontak di India timur laut dengan berkolusi dengan pemerintah Myanmar. Hal ini menunjukkan bahwa India mengetahui bahwa

Myanmar adalah negara penting meskipun kurang berkembang namun memiliki potensi yang sangat besar dalam menyimpan beberapa sumber daya penting berupa mineral serta lokasinya yang strategis dari sudut pandang keamanan. Ini adalah salah satu negara yang dianggap India sebagai bagian dari lingkungan yang diperluas di bagian timur meskipun Tiongkok telah banyak berinvestasi di Myanmar dan memiliki perspektif keamanan yang penting bagi India. Tiongkok juga telah mencoba melakukan "Diplomasi Masker" dengan Myanmar selama krisis Covid-19[23].

Namun pertanyaannya adalah bagaimana pemerintahan Myanmar telah berkembang dan apa yang akan terjadi dalam waktu dekat. Myanmar adalah salah satu negara dengan perpecahan etnis di Asia, belum lagi krisis Rohingya yang telah menjerumuskan Myanmar ke dalam pemberitaan global. Krisis ini juga berdampak buruk bagi "Aung Sa Suu Kyi" yang selama ini dipandang sebagai pembela demokrasi di Myanmar. Namun, perannya dalam menangani krisis Rohingya tidak dipandang baik oleh negara-negara Barat. Dia tidak hanya kehilangan banyak pengakuan Barat atas perjuangannya untuk perdamaian dan demokrasi, tetapi hal ini juga berarti bahwa ada perubahan dalam dinamika politik Myanmar yang kini

---

[23] (Alicia Chen, Vanessa Molter 2020) diakses dari fsi.stanford.edu "Diplomasi Masker: Narasi Tiongkok di era COVID"

mengambil pendekatan Buddha garis keras. Negara berbasis agama yang mempersatukan negara yang terpecah belah antara suku dan agama dalam kurun waktu yang lama. Pentingnya Myanmar akan tetap menjadi negara strategis dan akan terus berkembang. Yang terakhir adalah Kamboja dan Laos yang telah berusaha mendapatkan kembali dorongan ekonomi dan menjadi mesin pertumbuhan di Asia, namun negara ini masih bergantung pada investasi Tiongkok.[24]. Tidak hanya itu, struktur politik komunismenya juga telah lama dimanfaatkan oleh Tiongkok. Penting untuk memanfaatkan pandemi saat ini sebagai momen penting dan negara-negara lain seperti India, Jepang, Korea Selatan untuk berinvestasi di negara-negara ini demi mewujudkan impian memenuhi "Lens of Asian Pax" yang hanya akan memungkinkan terwujudnya kemajuan Asia.

Kini tibalah kawasan Asia Selatan yang di tengahnya terdapat lingkungan yang sangat kompleks dan perebutan kekuasaan. Perebutan kekuasaan yang ibarat kisah cinta segitiga. Kecintaan terhadap pencarian dan penguasaan terhadap salah satu wilayah paling terbelakang di Asia namun juga memiliki potensi dan pertumbuhan paling besar, tidak hanya saat ini namun juga di masa mendatang. Pencarian kekuasaan antara rival geo-politik lama India dan Pakistan dan belum lagi membuat hal-hal pedas dalam

---

[24] (Chee Meng Tan, 2015) diakses dari theasiadialogue.com "Investasi infrastruktur dan masalah citra Tiongkok di Asia Tenggara"

pencarian kekuatan segitiga ini setara dengan Tiongkok (Guo dkk 2019). Gagasan untuk menyatukan negara-negara Asia yang makmur dan berkembang dalam upayanya adalah hal yang paling menantang di kawasan ini. Wilayah ini memiliki konteks paling penting bagi India. Dalam konteks tantangan pandemi Covid19 yang masih terjadi saat ini, India sempat bentrok dengan Tiongkok di lembah Galwan dalam daftar panjang konflik di antara mereka. Konflik antara Tiongkok dan India telah dibayangi oleh India dan Pakistan selama jangka waktu setidaknya 7 dekade. Namun, konteks permainan politik di Asia saat ini sangat penting dalam konteks perkembangan hubungan tersebut. Hubungan antara Tiongkok dan India, dua peradaban lama yang berubah menjadi negara bangsa modern, memunculkan persaingan zaman baru (Hillman, 2018). Relasi dua peradaban kuno ini dari kontak budaya dan kunjungan ilmiah telah membuka lembaran baru di masa sekarang.

India dan Tiongkok tidak hanya menjadi jantung politik di Asia Selatan tetapi juga di ranah global[25]. Meskipun dalam hal jumlah, Tiongkok telah mengeluarkan lebih banyak uang dalam hal investasi atau bantuan yang seharusnya diberikan kepada negara-negara tidak hanya di Asia tetapi juga Afrika

---

[25] (Ayush Jain, 2020) diakses dari eurasiantimes.com "Setelah Galwan, Himachal bisa menjadi isu besar berikutnya dalam sengketa perbatasan India-Tiongkok"

serta Amerika Latin. Namun, jika kembali ke Asia, terdapat persaingan yang sangat aneh dan rumit yang terjadi di bawah panasnya India-Pakistan atau bagi Tiongkok dengan masalah politik internalnya sendiri serta negara tetangganya dan tidak lupa juga persaingan geo-politik dengan Jepang. dan Korea Selatan serta negara-negara ASEAN yang kemungkinan besar akan diincar oleh AS. Gagasan tentang politik Asia Selatan umumnya terbatas pada India-Pakistan dan kadang-kadang mengacu pada Srilanka, Bangladesh, dan di luar Nepal dan Bhutan. Namun bagaimana seluruh wilayah ini menjadi penting dan tidak pernah dibicarakan sebanyak itu. Alasannya adalah karena wilayah tersebut selama ini dipandang hanya sebagai perpanjangan dari India dalam bentuk anak benua India dan tidak bermaksud menyinggung negara-negara tetangga India yang berdaulat. Berbicara tentang melihat wilayah sayangnya visi ini tidak hanya rabun barat tetapi juga wilayah Asia juga. Asia Selatan dalam banyak parameter terutama dalam hal kesehatan, pendidikan dan kualitas hidup dapat dibandingkan dengan Afrika Sub-Sahara dengan mempertimbangkan baik wilayah tersebut maupun tantangan yang dihadapinya.

Kawasan Asia Selatan dan peran India kini telah bermetamorfosis dari sekedar pemberi bantuan menjadi pemimpin dan orang yang dapat membimbing seluruh kawasan. India perlahan dan terus mengambil peran tersebut. Sebuah peran yang penting tidak hanya bagi kawasan Asia Selatan tetapi juga bagi seluruh benua. India telah mengambil peran dalam hal ini dalam hal peluncuran satelit iklim Asia Selatan, pembangunan infrastruktur dan pembukaan jalur perdagangan baru serta kerja sama kesehatan, ilmu pengetahuan dan teknologi. Namun, di tengah semua ini, India sangat berhati-hati dan halus dalam memihak Pakistan. Inilah alasan mengapa India membuka platform baru di kedua sisi benua seperti *BIMSTEC, proyek pelabuhan Chabahar serta bergabung dengan Organisasi Kerjasama Shanghai* . Ini semua merupakan bagian dari perubahan peran India di Asia. Namun, perlu juga diingat bahwa ada sudut pandang Tiongkok-Pakistan di dalamnya. Sudut pandang yang juga melibatkan pemain lain di Asia jauh di luar benua seperti Iran, Asia Barat dan Tengah. Perebutan kekuasaan dan pengaruh telah terjadi di kawasan Asia Selatan bahkan sebelum pandemi terjadi. Kini, pasca skenario COVID-19 ketika dunia barat tenggelam dan titik tumpu kekuasaan beralih ke Asia dengan program poros AS ke Asia serta ketegangan geo-politik antara AS dan Tiongkok, terdapat peran baru bagi Asia Selatan saat ini.

Sebuah wilayah yang memiliki segudang sejarah dan beberapa peradaban tertua di dunia serta pengaruhnya yang terpatri dalam benak peradaban manusia kini kembali menonjol. Yang menonjol berupa bentrokan, kolaborasi dan sebagian besar merupakan campuran keduanya dalam bentuk hubungan India-Tiongkok [26] . Namun tidak boleh

---

[26] (Antara Ghoshal Singh, 2020) diakses dari Thehindu.com "Kebuntuan dan dilema kebijakan Tiongkok di India"

dilupakan bahwa di kawasan Asia Selatan yang dikelilingi oleh Asia Barat, Tengah, Timur, dan Tenggara, kawasan ini mempunyai kedudukan yang sangat penting. Tentu saja, jika abad Asia harus dilingkupi secara penuh maka kawasan Asia Selatan dan khususnya India serta negara-negara tetangganya mempunyai peran yang harus dimainkan. Selama pandemi terjadi peningkatan ekspor obat-obatan dari India selain dari diplomasi obat-obatan, dan Tiongkok juga melakukan hal yang sama meskipun ada tuduhan terhadap mereka. Selain itu, pertumbuhan perdagangan, koridor energi, dan peningkatan kualitas hidup merupakan faktor terpenting yang tidak hanya mendorong politik dalam negeri namun juga politik internasional. Sebuah wilayah yang sangat penting bagi proyek jalan sutra baru Tiongkok, selain dari proyek jaringan pipa energi India untuk melawan apa yang disebut sebagai pengepungan Tiongkok terhadap India melalui *investasi Untaian Mutiara* dalam proyek-proyek infrastruktur penting di negara-negara tetangga India, tentunya mempunyai alasan yang cukup untuk melihat Asia Selatan yang sekadar tidak dapat diabaikan lebih lanjut [27]. Saatnya telah tiba bagi kawasan Asia Selatan untuk bergerak maju dan tidak lagi dikepung oleh politik kecil-kecilan negara-negara besar seiring dengan munculnya tatanan baru di Asia.

---

[27] (GS Khurana, 2008) diakses dari tandfonline.com "Benang Mutiara Tiongkok di Samudera Hindia dan Implikasi Keamanannya"

Berangkat dari aspirasi regional subkawasan Asia, terdapat peran yang lebih besar dari Asia dan Asia saja di dunia saat ini. Benua yang merupakan benua berpenghuni terbesar di dunia ini mempunyai tantangan dan permasalahan tersendiri. Beberapa permasalahan sejarah paling kompleks di dunia terletak di benua Asia (Fan, 2007). Persaingan geo-politik antara semenanjung Korea Utara dan Selatan, persaingan agama antara Israel dan Palestina dan juga Israel dengan negara-negara Arab lainnya dan Iran juga tidak melupakan permusuhan menakutkan bertenaga nuklir antara India dan Pakistan dengan sudut pandang Tiongkok dan yang terakhir namun tidak Setidaknya persaingan berbasis perang proksi antara dunia Islam Iran Syiah vs Sunni Arab Saudi juga termasuk pemain lainnya. Masalah-masalah yang disebutkan di sini mempunyai proporsi yang sangat besar. Negara-negara Irak dan Suriah yang telah menjadi arena bermain bagi negara-negara berkuasa seperti Rusia, AS, Eropa Barat, Iran, dan Arab Saudi perlu dicermati dengan sangat serius. Asia Barat adalah salah satu kawasan paling bergejolak di Asia yang memiliki banyak kepentingan dalam membangun kemakmuran dan kerja sama di masa depan di Asia serta dampaknya terhadap dunia yang lebih luas. Asia perlu bersatu dan mencoba untuk tetap terisolasi dari kekuatan-kekuatan lain terutama dari barat untuk membangun dunia yang berpusat di Asia dan juga menghentikan pengaruh kekuatan-kekuatan ini di Asia dan hal inilah yang akan mendorong impian Asia ke depan.[28].

Gagasan untuk menyelesaikan masalah-masalah ini khususnya di Semenanjung Korea telah melampaui kekuatan-kekuatan yang berada di luar wilayah tersebut. Permasalahan ini sudah berlangsung cukup lama namun belum ada solusinya. Demikian pula, bagi Israel dan Palestina, dukungan Barat terhadap Israel serta teman-teman barunya yang menentang dunia Arab yang mendukung Palestina dapat memperoleh solusi melalui solusi dua negara yang belum pernah terjadi. Adapun India dan Pakistan setelah beberapa perang dan terorisme yang didukung oleh Pakistan menyusahkan India, kegelisahan terletak di antara kedua tetangga ini dan meluas ke seluruh anak benua India atau Asia Selatan. Seperti juga disebutkan, ada sudut pandang Tiongkok. Di tengah semua ini, persaingan antara Iran dan Arab Saudi yang menyebar ke wilayah Asia Barat dan Afrika Utara melalui perang proksi di Yaman, Suriah, Irak, Libya, dan bahkan Mesir, terlepas dari kekuatan-kekuatan lain yang terlibat, merupakan hal yang penting dalam konteks ini. menstabilkan kawasan Asia[29]. Tidak lupa bahwa ada perbedaan pendapat lain di Asia Barat antara

---

[28] (P. Duara 2001) diakses dari jstor.org "Wacana Peradaban dan Pan Asianisme"

[29] (Marwan Bishara, 2020) diakses dari Aljazeera.com "Waspadalah terhadap kekacauan yang membayangi di Timur Tengah"

Qatar dan UEA dalam hal persaingan mereka untuk menjadi negara ikon kemewahan yang modis di wilayah tersebut. Masalah di antara mereka diduga bersifat diplomatis dengan tuduhan terhadap Qatar yang mendukung *ISIS/Daesh* , tetapi ada juga sudut pandang lain. Seperti Arab Saudi yang berada dalam situasi yang campur aduk. Belum lagi hubungan antara Israel-Iran yang suram dan Yordania, Lebanon juga memiliki masalah sosial-ekonomi yang semakin besar selain dari lingkungan yang berisiko di Asia Barat.

Kesimpulan

Gagasan bahwa Asia terlibat dalam sebagian besar blok perdagangan besar yang baru muncul seperti APEC (Kerja Sama Ekonomi Asia-Pasifik) atau Kemitraan Trans Pasifik yang disponsori AS serta RCEP (Program Ekonomi Komprehensif Regional) yang didukung Tiongkok menunjukkan bahwa Asia berada pada posisi terdepan. pusat perdagangan global. Jangan lupa bahwa di seberang Pasifik dari Asia terdapat dua negara dengan perekonomian mapan yaitu Australia dan Selandia Baru. Australia merupakan negara benua besar dan mempunyai banyak sumber daya mineral serta mempunyai peranan penting bagi benua Asia dalam hal perdagangan. Sedangkan Selandia Baru merupakan negara yang jauh lebih kecil namun memiliki perekonomian yang maju dan memiliki hubungan penting dengan negara-negara daratan Asia dalam hal perdagangan. Kawasan Laut Cina Selatan bukan satu-satunya tempat yang kaya akan sumber daya mineral dan salah satu jalur perdagangan utama dunia. Negara-negara kepulauan kecil di Pasifik juga sebagian besar belum dimanfaatkan dan juga membuka jalur perdagangan baru berbasis maritim untuk Asia-Pasifik. Mengenai investasi dan peran Asia dalam perdagangan global, Tiongkok dan India adalah dua investor terbesar di Afrika. Selain itu, jejak Tiongkok dan India yang ikut serta dalam membangun perjanjian perdagangan bebas tidak hanya dengan negara-negara Eropa setelah Jepang dan Korea Selatan telah mencapai hal tersebut, namun juga dengan negara-negara Amerika Latin yang jauh dari Asia, tepat di halaman belakang negara dengan perekonomian terbesar di dunia. berdasarkan PDB, AS. Oleh karena itu, Asia sudah bermain secara global melalui perdagangan. Pasca pandemi, tatanan dunia akan berubah seperti yang kita ketahui, dan hal ini sudah terbukti. Struktur kekuasaan dan teater geopolitik semuanya akan berbasis di Asia (Du & Zhang, 2018). Kebangkitan ilmu pengetahuan, teknologi, sumber daya manusia semuanya terutama berbasis di benua Asia. Untuk mengemukakan fakta bahwa Asia kini menjadi pusat teknologi, kita dapat melihat dua contoh. Sebelum pandemi, gagasan tentang semikonduktor berkualitas dan volumenya juga ada di negara-negara Asia seperti Taiwan, Jepang, Korea Selatan, dan Tiongkok. Demikian pula, ketika dunia dan peradaban manusia mendekati momen penting baru di tengah pembicaraan tentang teknologi yang mengubah permainan, 5G yang telah dirintis di Tiongkok[30]. Untuk mengatasi ancaman Tiongkok, negara-negara maju di barat termasuk Inggris, Prancis mengandalkan Jepang untuk melawan Tiongkok. Bahkan dalam aspek pertahanan, teknologi otomotif, dan lain-lain, negara-negara Asia telah bergerak lebih maju tidak hanya dengan negara-negara seperti Jepang, Korea Selatan, Tiongkok, dll. Tetapi juga didukung oleh negara-negara baru seperti India, Vietnam, Malaysia, Singapura, Filipina, Thailand, UEA dll. Kemungkinan yang tidak terbatas bagi Asia, benua terbesar, untuk menjadi yang terhebat dan terbaik seperti yang terjadi selama ribuan tahun sebelum munculnya pedagang barat dan kecenderungan imperialistik mereka. Seperti telah disebutkan dalam artikel di seluruh Asia bahwa Asia telah mengalami kebangkitan dan kejatuhan dan bangkit kembali meskipun menghadapi tantangan besar namun fundamentalnya kuat dan kebangkitan tidak dapat dihindari (Kersten, 2007).

---

[30] (Martha Sylvia, 2020) diakses dari Thediplomat.com "Perang Global untuk 5G Memanas"

Politik imigrasi dan perbatasan: Kisah Negara Asia Tengah Kazakhstan

Idenya adalah untuk memberikan pemahaman bahwa di zaman modern ini negara-negara baik di Asia Tengah maupun Eropa dapat belajar dari pengalaman bersama. Pemahaman ini penting agar memungkinkan terjadinya perbandingan pengalaman dan pembelajaran bersama satu sama lain. Hal inilah yang ingin dicapai oleh makalah ini dalam analisis isu-isu terkait imigrasi. Bagaimana gagasan mengenai perbatasan dan permasalahan imigrasi menjadi sebuah perspektif penting bagi permasalahan terkait migrasi untuk dikaji dalam tulisan ini. Pemahaman tentang Kazakhstan dan kebijakan perbatasannya untuk menjaga jarak dengan negara-negara Kaukasia lainnya telah ada sejak tahun 1990. Sebagai contoh komparatif, Italia disebutkan sebagai negara fokus, kadang-kadang Portugal, Spanyol untuk memberikan gambaran yang lebih rinci mengenai ide-ide imigrasi dan pemahaman tentang topik tersebut.

Pendahuluan :

Dunia abad ^{ke}-21 mungkin merupakan dunia yang paling terfragmentasi meskipun terhubung melalui dunia globalisasi. Oleh karena itu, sangat penting untuk memahami bahwa kita hidup di dunia yang didefinisikan oleh gagasan sebagai Oxymoron (Fassin, 2011). Dunia saat ini jika kita telusuri dari latar belakang sejarah dapat dilihat dari sudut pandang integrasi ekonomi vs disintegrasi dan demikian pula persamaan konsep couple-decoupling dalam ranah politik, teknologi serta faktor sosial dan lingkungan. Di sinilah dunia saat ini didefinisikan dimana terdapat efek yang saling melengkapi dalam urusan global. Dari sudut pandang semua faktor utama yaitu aspek ekonomi, politik serta sosial dan teknologi, terdapat kesenjangan yang jelas antara kelompok kaya dan kelompok miskin. Hal ini sudah ada sejak awal peradaban manusia. Dalam kaitannya dengan fase evolusi manusia dalam kaitannya dengan kemajuan sosio-ekonomi, gagasan bahwa masyarakat manusia berada dalam kondisi egaliter selalu ditolak. Di sinilah konflik muncul meski sistemnya saling terhubung. Di abad ^{ke}-21, meskipun dunia bersatu, kesenjangan masih terlihat jelas (Chacon, 2006). Bahkan permulaan migrasi peradaban manusia dimulai dari gagasan untuk mendapatkan akses terhadap sumber daya yang tidak tersedia di tempat asal migrasi tersebut. Hal ini mendefinisikan aspek terpenting dari migrasi dan di mana konsep efek kopling-decoupling muncul.

Negara-negara Eropa mempunyai perbedaan besar dalam cara mereka menangani migran. Negara-negara terdepan seperti disebutkan di atas telah menangani masalah migrasi pada tingkat pertama (Anderson dkk. 2000). Namun, makalah ini juga ingin menelusuri perkembangan perangkat lunak serta protokol komunikasi yang dikembangkan oleh krisis imigrasi yang telah mengubah benua Eropa selamanya. Ide imigrasi bukanlah hal baru dan Eropa telah menghadapi imigrasi sejak lama. Kini timbul pertanyaan bagaimana sebuah negara yang bukan berasal dari Eropa bisa belajar dari perspektif ini. Di sinilah gagasan keseluruhan mengenai studi perbandingan skenario Eropa dengan negara seperti Kazakhstan dapat berperan. Hal ini akan membantu membangun ide-ide pengelolaan kebijakan berdasarkan pembelajaran dari sistem Eropa. Hal ini juga akan membantu menciptakan cara yang tepat agar negara seperti Kazakhstan dapat mengendalikan imigrasi dan perbatasan negara yang dikelilingi oleh banyak negara miskin. Selain itu, lokasi dan perbatasan geografis yang sulit untuk diteliti secara manual mengharuskan kita untuk belajar dari sistem Eropa dalam membangun koordinasi yang lebih erat dengan negara-negara tetangga. Patroli bersama dan cara pengelolaan basis data yang dapat diakses dan dikelola oleh negara-negara yang dapat dibantu oleh Kazakhstan akan menciptakan jalan ke depan bagi negara tersebut. Hal ini akan membantu pengelolaan sistem yang memungkinkan proses kerja yang efisien terkait dengan penyaringan, pemantauan dan dokumentasi migran yang tepat. Ketiga proses yang saling berhubungan ini juga akan membantu mengikat sebagian besar proses imigrasi ilegal, atau bahkan sepenuhnya.

Sekarang jika kita melihat perbandingan migrasi dari perspektif komparatif negara-negara garis depan seperti Italia dan Kazakhstan, kita dapat menemukan perspektif baru dalam memahami persamaan dan perbedaan. Tantangan yang dihadapi kedua negara ini cukup besar karena keduanya merupakan negara garis depan yang memiliki perbatasan yang tersebar di banyak negara atau memiliki celah yang terbuka. Italia dalam jangka waktu yang lama dan terutama sejak krisis migrasi telah menghadapi beban migrasi yang paling besar. Jalur laut memungkinkan terjadinya migrasi di negara seperti Italia yang belum pernah terjadi sebelumnya. Sejak tahun 2015, Italia selain Yunani serta Portugal dan Spanyol telah menghadapi masalah krisis migrasi. Dengan cara yang sama, Kazakhstan yang terbentuk dari pecahnya Republik Persatuan Sosialis Soviet telah dikelilingi oleh negara-negara yang memiliki populasi besar serta keuntungan dari penyelundupan secara ilegal. Hal ini mencakup negara-negara seperti Uzbekistan, Turkmenistan, Tajikistan, Kyrgyzstan, dll. Di mana banyak negara tersebut mempunyai tantangan ekonomi yang cukup besar. Oleh karena itu, kebijakan perbatasan dan migrasi di negara seperti Kazakhstan perlu beradaptasi terhadap tantangan tersebut. Negara ini berada di bawah kekuasaan rezim yang stabil dengan Perdana Menteri Nursultan yang memimpin sejak lama. Namun, tantangan migrasi juga menjadi pertimbangan penting bagi negara ini untuk dipertimbangkan. Oleh karena itu, negara seperti Kazakhstan dapat belajar dari tantangan dan solusi untuk keseimbangan sempurna antara migrasi dan permasalahan migrasi. Di sinilah proses imigrasi dan masuknya imigran dari berbagai belahan Asia Tengah perlu diperhatikan. Dengan cara inilah pembelajaran dari pengalaman negara-negara Eropa seperti Italia dapat diterapkan di negara-negara seperti Kazakhstan. Oleh karena itu, hal inilah yang dapat dimanfaatkan untuk pengalaman belajar. Hal ini mencakup patroli perbatasan, dokumentasi serta kebijakan pemantauan untuk pengendalian migran dan cara bagaimana mereka dapat dikelola dengan tepat.

Memahami konteks migrasi

Berbicara tentang proses migrasi, langkah penting adalah dokumentasi serta proses digitalisasi catatan (Crepaz, 2008). Hal ini dimulai di Eropa melalui perjanjian Dublin yang menemukan lokasi imigran ilegal dan melacak mereka dari negara kedatangan pertama mereka. Hal ini tentunya sangat penting untuk keseluruhan proses migrasi dan untuk mencatat pergerakannya. Di Eropa, keseluruhan proses pemeliharaan catatan digital telah membantu melacak dan melacak pergerakan tersebut. Pengelolaan migran juga membawa perspektif sosio-ekonomi yang sangat penting karena tanggung jawab pengelolaan migran memerlukan biaya sosial yang sangat besar (Flores, 2003). Informasi dan teknologi pengelolaan masyarakat sangat penting untuk menghadapi krisis ini. Sebuah krisis yang memerlukan perencanaan yang tepat berdasarkan pengelolaan sumber daya dan alokasinya untuk para migran. Ini mencakup keseluruhan proses manajemen yang akan dikelola (Wicox, 2009). Untuk itu diperlukan teknologi informasi dan komunikasi agar dapat digunakan dan dipelihara. Di negara-negara seperti Jerman, Perancis, dan negara-negara Skandinavia lainnya, proses migrasi telah menjadi perhatian utama dalam kebijakan. Uni Eropa telah mengembangkan perangkat lunaknya sendiri yang lebih bersifat database. Manajemen basis data sangat penting untuk proses manajemen migrasi dan cara negara melacak dan memelihara para migran di tempat asal kedatangan mereka. Tempat kedatangan awal adalah negara-negara perbatasan yang menanggung beban terberat.

Negara-negara terdepan di kawasan Mediterania yang meliputi Italia, Spanyol, Yunani, dan lain-lain perlu membawa gagasan kebijakan digital ke tingkat yang berbeda. Pulau Lesbos di Yunani yang dipenuhi imigran menghadapi tantangan besar karena kurangnya proses digitalisasi dan penggunaan teknologi informasi. Kekurangan teknologi informasi dan komunikasi tersebut tidaklah mudah. Hal ini memerlukan integrasi yang tepat dalam pengelolaan basis data atas catatan yang dapat menjadi langkah penting agar seluruh krisis migrasi dapat ditangani. Hal ini menunjukkan konteks penting mengenai bagaimana migrasi di benua Eropa terbentuk. Krisis migrasi tahun 2015 bukan hanya sekedar titik kritis. Dapat dikatakan bahwa tahun ini merupakan tahun yang benar-benar mengguncang cara Uni Eropa sebagai sebuah entitas dalam menangani krisis ini. Gagasan tentang dunia yang memiliki nilai-nilai hak asasi manusia dan nilai-nilai kemanusiaan pun runtuh. Hal ini tentu saja menimbulkan pertanyaan karena pengelolaan database para migran merupakan sebuah langkah penting. Teknologi informasi dan komunikasi perlahan mulai diadaptasi oleh negara-negara Uni

Eropa. Krisis migrasi pada tahun 2015 menunjukkan betapa dalamnya migrasi dapat terjadi dalam berbagai format. Hal ini termasuk masuk melalui kontainer, truk dan tentu saja perahu pengungsi serta menyeberang melalui darat dan beberapa cara baru lainnya (Peters, 2015).

Kesimpulan mengenai tujuan berbasis kebijakan dan arah masa depan

"Bagaimana negara seperti Kazakhstan bisa belajar dari pengalaman Eropa dalam bidang imigrasi?" Ini adalah aspek yang paling penting dan oleh karena itu proses pendaftaran imigran sangatlah penting. Perpecahan dalam proses dan transparansi pembagian pengelolaan antara Eropa Timur, Utara, Barat, Selatan dan Tengah menimbulkan pertanyaan penting mengenai kesenjangan digital antar wilayah (Hayter, 2000). Demikian pula kawasan di Asia Tengah yang memiliki negara-negara seperti Uzbekistan, Kazakhstan, Turkmenistan, dan Tajikistan perlu memiliki kebijakan kebijakan imigrasi dan pengendalian perbatasan yang terkoordinasi.

Gagasan tentang imigrasi dan pembagian cara penanganan imigrasi dapat ditangani secara luas melalui manajemen database. Perlu dipahami bahwa beban urusan imigrasi telah diperbaiki dan didistribusikan secara lebih egaliter. Namun, pengendalian imigrasi dan kebijakan perbatasan perlu dilakukan di negara-negara seperti Kazakhstan yang berbatasan dengan jalur penting Asia Tengah ke

Eropa yang merupakan bagian dari jalur imigrasi penting. Untuk mengendalikan imigrasi ilegal dan mengendalikan kebijakan perbatasan dengan baik, negara seperti Kazakhstan perlu memiliki pengelolaan data imigrasi yang baik. Inilah sebabnya mengapa perbandingan kebijakan Eropa dimasukkan ke dalam diskusi. Pengelolaan basis data yang telah dibicarakan sebelumnya telah muncul di Eropa tetapi gagasan keseluruhan tentang pengintegrasian data dan keaslian pengelolaan data inilah yang membuat gagasan keseluruhan tentang migrasi dan pengelolaannya menjadi sulit. Aspek luar biasa dari para migran dan manajemen mereka juga memiliki komponen yang tidak hanya sekedar manajemen database. Hal ini bukan sekedar menjaga daftar migran yang tidak memiliki dokumentasi yang diperlukan (Flores, 2003). Namun, kunci penyelesaian krisis imigrasi terletak pada penelusuran rute para migran dan yang terpenting adalah sumber perdagangan manusia. Idenya adalah untuk mengontrol jalur imigrasi dan kontrol perbatasan yang tepat untuk mengendalikan perdagangan manusia.

Oleh karena itu, migrasi adalah proses yang sangat penting untuk dipahami dunia. Inilah sebabnya mengapa paragraf di atas mencoba memberikan gagasan untuk memahami bahwa kesenjangan di dunia saat ini mungkin tampak semakin besar, namun kesenjangan tersebut telah terjadi sejak zaman dahulu. Gagasan tentang dunia saat ini ditentukan oleh empat peristiwa besar sebelum abad ^{ke}-21, yaitu **Perang Dunia 1, Perang Dunia 2, Proses Dekolonisasi,**

dan terakhir Perang Dingin beserta akhir dan akibatnya . Di sinilah dunia saat ini telah tiba. Proses migrasi pada abad terakhir dan abad ini dapat diasumsikan terkait dengan salah satu dari empat perubahan besar dalam sejarah manusia. Bersamaan dengan itu dapat ditambahkan parameter lain dari faktor ekonomi, sosial dan lainnya. Sebaran penduduk dan pola migrasi serta rutenya sebagian besar dipengaruhi oleh faktor-faktor tersebut. Meskipun kita telah bergerak di abad ke-21, aspek kelima dari migrasi manusia telah tiba. Hal ini terjadi di wilayah Asia Barat dimana ketidakstabilan dan rezim diktator serta wilayah Afrika Utara yang memiliki kesamaan budaya dan politik terganggu oleh **Arab Spring** . Gagasan Arab Spring yang pertama kali muncul di Tunisia dan menyebar ke Asia Barat dan wilayah Afrika Utara diganggu oleh seruan warga di sana yang menuntut gelombang demokrasi untuk menyapu perubahan tersebut (Wicox, 2009). Kegiatan politik semacam ini juga harus diingat ketika dunia beralih ke pola pikir baru dalam memahami imigrasi. Karena pemahaman pengalaman imigrasi dari belahan dunia lain dapat mengajarkan bagaimana menerapkan kebijakan terbaik ke depan.

Unit 3: Dinamika Dunia Abad 21

Mengapa dan bagaimana AS gagal?

Pemerintahan AS sejak pasca-Perang Dunia ke-2 telah memimpin tatanan dunia yang didominasi oleh kebijakan-kebijakannya (Logan). Meskipun untuk jangka waktu tertentu telah terjadi persaingan yang ketat antara Amerika Serikat dan Uni Soviet. Dunia yang didominasi oleh kedua kekuatan ini dan intervensi terus-menerus mereka di seluruh dunia telah membentuk dunia hingga tahun 1990an sebelum runtuhnya Uni Soviet. Pasca itu merupakan fase lain dari politik dunia dan pembentukan kebijakan, namun sebagian besar hanya dilakukan oleh Amerika Serikat.

Pemikiran mengenai politik dunia yang didorong oleh teori-teori realisme, neo-realisme atau aliran pemikiran liberal pada akhirnya mempunyai pragmatisme yang menggerakkan kebijakan. Geopolitik mempunyai hubungan yang kuat dengan masyarakat dan kebutuhan yang tercermin dalam unit administratif (Hampton). Sejak berakhirnya perang dingin, AS terlibat lebih dari satu konflik di seluruh dunia. Jika AS bersikap asertif pada fase pasca perang dunia, maka intervensi AS juga meningkat pada fase pasca perang dingin. Dalam masa-masa konvensional yang tidak menentu, yang sekarang dikenal sebagai dunia yang mudah berubah, tidak pasti, rumit, dan ambigu, dinamika pembuatan kebijakan di AS mungkin lambat dalam beradaptasi. Globalisasi telah mempengaruhi politik dunia dengan cara yang sama seperti awal mulanya.

Begitulah cara kaum merkantilis dunia barat berlayar ke belahan dunia lain. Saat ini trennya telah berbalik sejak berakhirnya perang dingin dengan keluarnya kekuasaan dan uang dari dunia barat. Hal ini penting untuk dipertimbangkan sebagai kebijakan sipil, intervensi kebijakan luar negeri serta kecenderungan hegemonik kekuatan barat. Harus diingat bahwa cara dominasi Amerika didasarkan pada penafsiran dunia (Morris). Hal ini akan membawa kita pada pertanyaan tentang etika. Sebuah pertanyaan tentang memahami dunia yang mungkin tidak berhubungan dengan Amerika Serikat dalam hal budaya dan tentu saja kedekatan geografis. Namun dampak kebijakan luar negeri AS tidak dapat diabaikan. Hal ini sudah ada sejak abad yang lalu dan karena seluruh dunia telah dilanda gelombang Globalisasi, masih ada pertanyaan mengenai apa yang bisa diseimbangkan. Persoalan etika dimana pihak yang berkuasa masih memangsa pihak yang tidak berdaya dalam ranah politik global. Selain itu, masih ada pertanyaan besar yang tersisa sehubungan dengan terbentuknya globalisasi dalam dua dekade terakhir. Oleh karena itu, pertanyaan tentang etika mengenai dampak apa yang dapat ditimbulkan oleh suatu tindakan sering kali terlampaui atau sengaja dilupakan. Bencana yang terjadi pada masa Perang Irak pada tahun 2003 adalah salah satu periode dalam sejarah waktu yang tidak dapat diabaikan sebagai salah satu keputusan tersebut (Ryan). Keputusan yang berdampak pada geopolitik modern hingga saat ini. Namun, jika kita melihat orang-orang yang terlibat, pasti ada pertanyaan.

Pertanyaan-pertanyaan itulah yang akan menentukan apakah orang-orang yang berkuasa yang mengemban tugas tersebut dapat menjawab atas tindakan yang diambilnya. Dalam hal tanggung jawab, idenya adalah untuk memahami bahwa seseorang seperti Donald Rumsfeld yang pernah menjabat sebagai Menteri Pertahanan sebagai salah satu orang termuda dan tertua di bawah dua presiden AS yang berbeda telah melihat banyak perubahan dalam dua masa jabatannya (Rumsfeld) . Yang disoroti berdasarkan perannya sebagai Menteri Pertahanan di bawah George W. Bush Jr. telah menjadi bahan perdebatan dan juga diliput dalam film dokumenter The Unknown Known berdasarkan salah satu pernyataan terkenalnya yang dibuat sebagai reaksi terhadap Irak. Perang. Gagasan intervensi AS di Irak sudah menjadi perdebatan karena AS pada saat itu sudah terlibat di Afghanistan. Di balik itu muncul pertanyaan tentang keterlibatan AS dalam perang terhadap negara lain. Para prajurit dikirim untuk bertempur aktif dengan tujuan yang tidak didefinisikan atau dipahami dengan jelas. Di sini esai ini berupaya memahami pertanyaan tentang pengambilan keputusannya sebagai salah satu penasihat utama Kepresidenan Bush (Rumsfeld). Nasihat tersebut didasarkan pada pandangannya yang dapat dikatakan dibuat untuk menghadapi musuh yang dibayangkan adalah rezim Irak dan presiden diktator mereka saat itu, Saddam Hussain. Namun, kehati-hatian dan pertanyaan etika yang didasarkan pada pertanyaan intervensi tidak pernah ditindaklanjuti. Saddam Hussain juga harus disalahkan. Dia tidak kooperatif yang akan menjadikan komunikasi Barat berdasarkan sikap non kooperatifnya digunakan sebagai pembenaran intervensi pasukan AS. Jatuhnya rezim Irak yang terjadi kemudian tidak dapat diabaikan karena banyaknya kengerian yang terjadi selama pendudukan Irak oleh pasukan AS. Selain itu, penyiksaan terhadap tawanan perang di Teluk Guantanamo sempat menggemparkan dunia. Sekarang sehubungan dengan semua poin yang disebutkan di atas, pertanyaan tentang etika bahkan jika dikesampingkan sejenak, setidaknya kita perlu menanyakan rasionalitasnya. Seorang menteri pertahanan yang tidak memikirkan dampak intervensi di Irak dan menggulingkan sebuah rezim yang tidak diragukan lagi bersifat diktator namun memiliki negara yang rapuh. Penggulingan Rezim Saddam berdasarkan bukti yang tidak meyakinkan bahwa rezimnya membuat senjata pemusnah massal telah menempatkan negara, kawasan, dan dunia dalam bahaya. Meningkatnya ancaman setelah runtuhnya Rezim Saddam dapat dilihat oleh seluruh dunia saat ini. Kelompok teroris yang berbahaya dan lebih ekstremis daripada Al-Qaeda dalam bentuk ISIS telah bermunculan. Maka jelas timbul pertanyaan, posisi etis seperti apa yang diarahkan oleh orang seperti Donald Rumsfeld. Oleh karena itu, berkurangnya tanggung jawab negara-

negara besar dan orang-orang yang menggerakkannya perlu dipertimbangkan. Inilah pertanyaan-pertanyaan yang diangkat dalam film dokumenter.

Sambil tetap fokus pada Donald Rumsfeld, kita tidak boleh melupakan skenario politik di AS saat itu. Runtuhnya menara kembar tersebut merupakan simbol jatuhnya kebanggaan Amerika Serikat yang dianggap sebagai negara terhebat di dunia oleh media dan masyarakat di sana (Rumsfeld). Kekuatan asing yang mendukung dogmatisme agama yang telah melukai AS jelas menciptakan skenario politik yang tidak dapat dibayangkan dalam visi terjauh mereka. Tekanannya sangat besar terhadap George Bush Jr. yang baru saja menjabat sebagai presiden untuk pertama kalinya dan politik AS telah memberikan jawabannya. Dari aula senat kongres AS hingga debat media dan ruang kepresidenan, orang mungkin berpikir bahwa seruan untuk perang terhadap dunia Arab sangatlah signifikan. Saddam Hussain sebelumnya menjadi sasaran perang teluk pada tahun 1990-an dan sudah cukup lemah sehingga ia dapat mempertahankan kekuasaannya namun mendapat teguran yang tepat dan pantas atas serangannya yang tidak beralasan terhadap Kuwait. AS tidak menyia-nyiakan kesempatan itu untuk mengingatkan bahwa sekutunya jika diancam tidak akan dilepaskan. Terdapat keseimbangan dalam pendekatan dan mengikuti tema esai tentang pertimbangan etika dengan tetap menjaga pragmatisme di era globalisasi (Panagopoulos). Namun, di bawah kepemimpinan Donald Rumsfeld meskipun mungkin agak keras dan nada pada masa itu mungkin seperti itu, dia tidak memberikan perhatian yang cukup untuk mempertimbangkan kekuatan besar yang dimiliki AS. Dampak dari kekuatan intimidasi Amerika tidak dianggap akan menciptakan ketidakstabilan dan hilangnya nyawa. Yang paling penting adalah skenario mengerikan jangka panjang apa yang akan terjadi setelah Amerika menyingkirkan Saddam Hussain. Pandangan konservatif dan fanatik yang disamarkan sebagai masalah harga diri nasional dan keamanan masyarakat di dalam negeri juga telah menyebabkan banyak korban jiwa di AS. Terkait dengan konteks ini, Amerika bahkan sebelum terlibat dalam perang Irak tahun 2003 telah melakukan hal yang sama dengan perang Vietnam dan juga krisis Libya pada awal dekade terakhir. Oleh karena itu, kesalahan yang ditimpakan pada kepresidenan Bush dan penasihat utamanya terkait dengan intervensi di Irak dan bagaimana situasi tersebut ditangani pasti dapat diarahkan pada Rumsfeld. Namun, hal ini tidak akan mengubah fakta bahwa orang seperti dia yang telah memiliki pengalaman menangani posisi penting tersebut harus lebih rasional dan menyampaikannya dengan cara yang lebih diplomatis. Kurangnya kebijaksanaan dan cara menangani masalah, serta pernyataan kurang ajar yang dilontarkan di forum publik, menjadikannya sosok yang memecah belah. Pembuatan kebijakan dan pendekatan berkepala dingin yang diperlukan untuk mengambil keputusan yang akan berdampak pada dunia di tahun-tahun mendatang jelas-jelas terlewatkan. Dampak dari kekeliruan seperti ini di bawah pemerintahan Rumsfeld telah memberikan dampak yang sangat besar, bahkan di Amerika Serikat.

Dalam film dokumenter tersebut, fokusnya adalah pada pemahaman Donald Rumsfeld sebagai karakter dan bagaimana orang tersebut bertindak. Meskipun ketika muncul pertanyaan tentang pemahaman karakter Donald Rumsfeld seperti yang telah disebutkan sebelumnya, situasi politik pada masa itu perlu kembali dipikirkan. Ide orang tersebut dan apa yang mendorong idenya serta proses berpikirnya perlu dipahami untuk esai. Hal inilah yang akan memudahkan pemahaman terhadap kebijakan yang diambil olehnya. Oleh karena itu, proses pemahaman kebijakan-kebijakan di sekitar masa Perang Irak tahun 2003 merupakan masa ketika barat sedang sibuk memproyeksikan citranya. Citra para pembebas dari rezim rezim yang mengerikan. Hal inilah yang menjadi titik penggerak pengambilan kebijakan Donald Rumsfeld dan juga dapat dikatakan sebagai titik penggerak segala tindakan yang diambilnya. Oleh karena itu, pertanyaan mengenai arahan kebijakan Donald Rumsfeld dan pertanyaan mengenai etika bukanlah satu-satunya kekhawatiran. Untuk memahami pria tersebut proses investigasi terkait dengan bagian etika dan pertanyaan tentang kebijakannya yang banyak terjadi di balik layar. Amerika pada masa tahun 2003 baru dua tahun melakukan perang melawan teror. Namun, pertanyaannya tetap seberapa efektif pertempuran itu berlangsung (Ryan). Uang pembayar pajak dan seluruh sumber daya yang dikerahkan untuk upaya perang di Afghanistan tidak menunjukkan hasil yang terlalu banyak. Rencana strategis mekanisme pertahanan AS nampaknya tidak berjalan dengan baik apalagi sasaran utamanya adalah Osama Bin Laden. Di tengah semua ini, AS tahu bahwa Saddam Hussain yang tidak ada hubungannya dengan Taliban dan bahkan sangat menentang mereka bisa menjadi pengalih perhatian yang sempurna. Gangguan bagi pemerintah AS untuk menemukan jalan baru agar opini publik ditata ulang dan dibentuk. Itulah sebabnya seluruh gagasan mengenai persoalan etika menjadi goyah sejak awal. Inisiasi kebijakan masuknya pasukan AS ke negara Irak merupakan salah satu faktor yang perlu diperhatikan dari sudut pandang Afghanistan. Akumulasi dari seluruh proses yang telah berlangsung sejak lama berakibat pada lingkaran kebijakan pemerintahan AS. Di sinilah Donald Rumsfeld dan kepribadiannya yang terkait dengan kebijakan dapat dilihat. Presiden AS yang saat itu menjabat, George Bush Jr. dan sikapnya yang seperti apa setelah terjadinya perang baru. Oleh karena itu gagasan untuk menguraikan pria yang terkenal dengan sebutan "Yang Dikenal-Tidak Diketahui" itu perlu didiskusikan. Skenario sebelum masa jabatannya yang kedua dan kegelisahan serta rasa frustrasi yang menumpuk dalam dirinya membantu menjelaskan kebijakannya.

Ini adalah fokus dari film dokumenter ini, namun pemahaman mendetailnya perlu datang dari tempat di mana ia berasal. Itu telah dilakukan. Sekarang rezim mana yang dia wakili. Ya, itu adalah Partai Republik yang konservatif. Kebanggaan yang mereka bawa dalam mewakili kekuatan Amerika, ketika persamaan kekuatan ini sendiri dipertanyakan sejak lama baik di dalam negeri maupun di luar negeri, di situlah proses berpikir dan harga diri muncul. Fokus pada peran, posisi dan tanggung jawab yang perlu dia lakukan tidak dapat diabaikan. Oleh karena itu, fokus pada hal-hal inilah yang menjadikan Rumsfeld berada dalam posisi yang lebih menguntungkan daripada apa yang mungkin disarankan dalam bagian esai saya sebelumnya. Ini lebih tentang pemahaman holistik tentang manusia. Proses seperti apa yang dia ikuti pada tingkat pribadi dan hierarki pemerintahan? Jawaban atas pertanyaan-pertanyaan ini akan memberinya pemahaman yang lebih baik terutama karena esainya membahas tentang menjawab pertanyaan yang berkaitan dengan keseimbangan. Pendekatan untuk menjaga keseimbangan antara arahan yang dapat mengeluarkan AS dari krisis identitas kekuasaan sekaligus menyediakan jalan keluarnya. Inilah yang telah diulangi dan disebutkan melalui esai. Ini adalah titik pendorong untuk esai dan juga untuk menjawab pertanyaan yang berkaitan dengan orang tersebut. Apa yang mendorong orang tersebut untuk terus memikirkan kebijakan yang mungkin dianggap kurang ajar. Selain itu, kepribadian yang dibawanya yang lebih tegas dan ingin mencap otoritas dengan memusnahkan "Yang Lain" tentu menimbulkan pertanyaan tentang etika. Namun, paradoksnya terletak pada pemahaman bahwa satu insiden kekerasan telah memulai proses efek domino terhadap semua rezim yang melakukan kekerasan tersebut. Hari ini bahkan setelah 10 tahun ketika pasukan AS masih ditempatkan di Afghanistan dan juga di Irak, entah orang tersebut tahu untuk apa dia mendaftar. Kekuatan-kekuatan Barat yang dipimpin oleh AS dan Organisasi Perjanjian Atlantik Utara telah mendorong dunia pada saat itu ke arah yang dipimpin oleh orang-orang seperti Rumsfeld. Seperti disebutkan sebelumnya, dampaknya bukanlah perhatian utama karena idenya adalah mengembalikan keseimbangan harga diri Amerika. Oleh karena itu, pernyataan-pernyataan yang dibuatnya atau pengambilan kebijakan yang menjadi bagiannya tidak dapat dikaitkan hanya dengan dirinya saja. Hanya saja perlu dilihat dari sudut objektif dimana jawabannya mungkin terletak pada kejadian titik awalnya. Di sinilah perang melawan teror menjadi jawaban utama yang harus dilawan oleh AS. Perjuangan demi harga diri dan kehormatan dilancarkan olehnya dan dalam sentimen populis memang benar bahwa ia telah kehilangan kebijaksanaan dan diplomasi yang diperlukan. Idenya mungkin meminjam dari jalur Henry Kissinger dari masa lalu.

Kesimpulannya, film dokumenter ini tidak membuat klaim yang berlebihan dan tidak membawa pandangan sensasionalisnya sendiri. Hal ini melekat pada cara pembuatan film dokumenter sebagaimana yang dipahami. Artinya, ia linier dan terus mengikuti rangkaian peristiwa yang digerakkan. Informasi tersebut telah digunakan dan diperluas dalam esai ini untuk mencapai poin-poin yang mungkin dianggap sebagai titik penghubung penting namun mungkin terlewatkan. Itulah sebabnya penekanan pada pemahaman kolektif antara faktor-faktor yang mendahului kepindahannya dan situasi yang mengarah pada skenario tersebut menjadi fokus. Di sinilah esai ini mencoba menjembatani kesenjangan antara pembuatan kebijakan, kebutuhan saat itu, dan tuntutan situasi. Ada faktor-faktor yang perlu dipahami, dikontekstualisasikan dan dibedah terutama ketika persoalan etika dan moralitas dikedepankan. Begitulah cara kita memandang dunia pada masa itu. Pertimbangan mengenai sikap dan peralihan ke kebijakan asertif disajikan dalam esai ini. Hal ini dilakukan untuk memberikan pembenaran dan memberi makna pada pembahasan persoalan etika dan kebutuhan jam kerja.

Menganalisis komunikasi politik dan media penerimaan nasionalisme di kalangan massa

Makalah ini merupakan upaya untuk memahami evolusi penggunaan nasionalisme dan bagaimana gagasan nasionalisme diterima oleh pembaca selama periode waktu tertentu. Melihat saluran komunikasi untuk menyebarkan gagasan nasionalisme melalui demokrasi dan melawannya merupakan titik fokus makalah ini. Pola komunikasi dan penggunaannya tentu saja merupakan komponen penting nasionalisme selama ini. Di sinilah tulisan ini mencoba menyusun informasi dari berbagai sudut untuk menemukan cara bagaimana ide ini dicoba disebarkan secara massal di tengah hambatan penerimaan. Nasionalisme telah menjadi dialog yang sangat populer untuk tujuan politik sejak masa lalu. Pengaruh nasionalisme meningkat pada periode tertentu seperti Perang Dunia ke-2. Retorika nasionalisme politik telah berubah seiring berjalannya waktu. Bahkan, seiring dengan perkembangan zaman dan perubahan media, selera penonton pun mulai berubah. Ide-ide media dan pemanfaatannya pun berubah sehingga menimbulkan disrupsi terhadap bentuk komunikasi konvensional terkait nasionalisme yang sudah lama diterima khalayak. Oleh karena itu, inilah yang coba dianalisis oleh makalah ini di sini

Kata Kunci: ***Nasionalisme, Komunikasi Politik, Khalayak, Propaganda, Retorika, Media, Pemerintah***

Pengenalan Konsep: Komunikasi Politik terkait Nasionalisme telah menjadi hal penting yang perlu diperhatikan sejak lama. Keseluruhan gagasan ideologi politik dan penerimaannya oleh khalayak terhadap gagasan nasionalisme telah ada sejak lama. Sejak munculnya negara fasis, penerimaan ide-ide masyarakat sulit diukur. Ide-ide tersebut telah dipaksakan atau mungkin diterapkan pada khalayak yang lebih luas dengan segelintir pengikut sebagai basis propagandanya. Seluruh gagasan Nasionalisme telah berkembang di Eropa dan mempengaruhi masyarakat sejak akhir abad ke-19. Sejak sistem negara-bangsa mulai populer, gagasan komunikasi politik seputar nasionalisme telah ada. Gagasan tentang bangsa, identitas nasionalnya, dan penggunaan retorika untuk mempengaruhi audiens adalah fokus utama makalah ini. Selama rezim Nazi Jerman, Italia Fasis, gagasan tentang negara bangsa dan gagasan yang diperbarui telah menjadi komponen yang sangat penting dalam hubungan antara negara dan masyarakat. Keseluruhan gagasan tentang hubungan antara penonton dan negara lebih bersifat satu dimensi sesuai dengan arus informasi. **Seperti yang ditulis Aryeh L. Unger** dalam buku *"Propaganda and Welfare in Nazi Germany"* bahwa seluruh mobilisasi massa di bawah **"Menschenfuehrung" (Mobilisasi massa) adalah kunci dari model propaganda.** Ini adalah komponen yang sangat penting untuk makalah ini karena di sini seluruh gagasan tentang khalayak yang dijadikan sasaran secara massal disorot. Demikian pula pada saat yang sama, gagasan kontra propaganda melawan negara-negara fasis juga dapat ditemukan. Terutama Amerika Serikat dan negara-negara sekutu lainnya yang melakukan perlawanan terhadap hal serupa yang telah disebutkan dalam buku *The Propaganda Warriors: America's Crusade Against Nazi Germany* karya **Clayton D. Laurie** . Seiring berjalannya waktu sejak Perang Dunia Kedua evolusi komunikasi politik telah terjadi. Munculnya internet, teknologi, dan bentuk ruang media lainnya telah menciptakan dimensi baru dalam melibatkan khalayak dengan konsep memahami komunikasi politik dengan nilai baru. Karena alasan yang jelas karena makalah ini lebih bersifat konseptual, maka sulit untuk memberikan bukti penelitian utama mengenai pencarian fakta oleh khalayak. Ide-ide soft power dalam konteks modern yang dianggap oleh banyak orang sebagai evolusi nasionalisme dengan cara yang lebih tepat secara politis juga telah dikemukakan secara politis di era media yang terus berkembang. Awal mula tulisan yang mengemukakan gagasan propaganda pada masa rezim fasis telah berubah menjadi diplomasi publik. Dampak komunikasi politik yang luas dapat dirasakan baik dalam bentuk khalayak domestik maupun global. Namun, gagasan menyebarkan gagasan nasionalisme melalui propaganda politik memiliki banyak ruang untuk dicermati. Gagasan untuk memberikan merek atau identitas kepada bangsa dalam bahasa apa pun yang kita ingin lihat memiliki hubungan yang tulus dengan komunikasi politik dan dampak yang diinginkan. Namun itu juga tergantung pada penerimaan penonton. Beralih ke gagasan nasionalisme dan bagaimana hal itu diproyeksikan oleh para pemimpin, kita dapat melihat kawasan Asia Selatan. Gagasan tentang pembangunan negara bangsa dan komunikasinya secara politik merupakan dimensi penting yang dibahas dalam makalah ini. Seluruh gagasan tentang Pakistan dan Bangladesh, yang kemudian menjadi Pakistan Timur, muncul melalui komunikasi politik pada masa-masa sebelum pemisahan dan identitas mereka dipahami oleh khalayak sasaran. Artikel **BC Upreti** dalam Indian Journal of Political Science dengan jelas menyatakan bahwa nasionalisme adalah perwujudan gagasan di kalangan masyarakat dan harapan serta pemahaman terhadap perubahan.

Tema konseptual dari konsep itu sendiri: Oleh karena itu, penting untuk dicatat bahwa seluruh gagasan Manifestasi dan penerimaan gagasan nasionalisme ditafsirkan oleh para pemimpin politik. Gagasan nasionalisme umat Islam yang mengakibatkan terpisahnya serat sosial yang diusung India selama 800 tahun adalah akibat dari Pakistan dan Bangladesh. Seluruh gagasan nasionalisme di Asia Selatan didasarkan pada gagasan bahasa, budaya, dan etnis. Hal ini telah digunakan oleh para pemimpin politik dalam pidato mereka sejak gagasan teori dua negara muncul. Komunikasi politik dari Liga Muslim dengan pimpinan MA Jinnah didokumentasikan dengan baik. Namun, jika kita kembali ke inti makalah ini, penting untuk memahami bagaimana masyarakat terkena dampak dari komunikasi tersebut atau retorika yang berulang-ulang menuntut pemisahan tanah bagi komunitas Muslim di Asia Selatan melalui negara baru. Ironisnya hal ini kemudian menjadi bumerang. Gagasan yang sama yang menciptakan pembentukan Bangladesh berdasarkan garis bahasa memisahkannya dari persatuan Pakistan di kedua sisi India. Retorika dan gagasan nasionalisme khususnya di kawasan seperti Asia Selatan dapat ditemukan dari berbagai sudut pandang. Berbagai sudut pandang yang diwujudkan dalam bentuk identitas etnis, budaya, dan bahasa telah digunakan oleh para pemimpin politik. Jika kita kembali ke perjuangan Bangladesh, maka Pakistan Timur untuk identitas independennya, retorika yang ditanamkan kepada penonton didasarkan pada nilai bahasa Bengali. Hal itulah yang diungkapkan dalam makalah **Julia Major "Konstruksi Lidah: Bahasa, Nasionalisme dan Identitas di Asia Selatan"** . Keseluruhan wujud penggarapan nasionalisme sebagaimana disebutkan sebelumnya disalurkan ke dalam benak khalayak yang dituju. Komunikasi politik memainkan peran kunci dalam menyampaikan pesan kepada khalayak. Memegang gagasan bahasa dan menggunakannya sangatlah penting `untuk sentimen nasional. Namun komunikasi politik memiliki konotasi yang lebih luas dan juga terdapat di ruang domestik. Itu adalah bagian yang akan disinggung nanti. Namun seiring dengan gagasan nasionalisme dan politik serta aspek komunikatifnya, hal ini selalu mempunyai imajinasi publik yang lebih besar. Artikulasi sentimen publik dan menempatkannya dalam konteks yang tepat untuk menjangkau khalayak disebut sebagai populis atau propaganda yang merupakan wacana yang kuat. Subrata K. Mitra mengangkat perspektif politik gerakan sub nasional di Asia Selatan dalam tulisannya. Artikelnya yang berjudul **"Politik Rasional Nasionalisme Budaya"** mengemukakan gagasan bagaimana emosi dapat diramu dalam gagasan kecenderungan nasionalis termasuk subnasionalisme. Hal ini memiliki konteks yang sangat penting dalam ranah politik di mana para pemimpin menggunakan ide dan sentimen untuk membangun penyampaian mereka kepada masyarakat. Misalnya gagasan perjuangan LTTE di Srilanka telah disebutkan. Seluruh gagasannya dimulai dengan gagasan tentang hak-hak sipil yang memiliki komponen politik yang kuat di dalamnya. Setelah itu berubah menjadi perjuangan yang penuh kekerasan namun masih tetap memiliki komponen komunikasi politik yang kuat di dalamnya. Hal ini terlihat dari proses perdamaian di Srilanka serta intervensi India bahkan Norwegia. Mengambil contoh dari kejadian serupa, isu Palestina, Catalonia dan gerakan-gerakan sub-nasional atau nasional lainnya yang tidak diakui selalu mempunyai komunikasi politik yang kuat yang menyertainya. Kebebasan berpendapat dan berpendapat terkait identitas masyarakat, suku, dan bangsa selalu mempunyai pengaruh politik yang kuat. Sentuhan pengaruh semacam ini dapat dimanipulasi dan digunakan dalam retorika oleh negara atau kelompok yang mengalami disorientasi. Komunikasi politik adalah tentang gagasan-gagasan kuat yang tersebar di ranah media dan bagaimana gagasan tersebut diterima oleh masyarakat. Agenda dan penyampaian komunikasi membuat perbedaan pendekatan. Tiongkok adalah salah satu contoh rezim otoriter yang ide komunikasi politiknya bertumpu dari negara ke khalayak. Seperti yang diungkapkan *Xing Lu* dalam tulisannya **"Analisis Burkean terhadap Tiongkok tidak menyenangkan: Retorika nasionalisme"** bahwa bahasa memainkan konstruksi kunci dalam komunikasi. Karena gagasan ini didasarkan pada kekuatan komunikasi politik dan pemaksaan negara, makalah ini membahas secara luas gagasan tentang rasa frustrasi rakyat Tiongkok. Ide-ide westernisasi yang tidak terkendali dan eksploitasi terhadap penduduk asli telah menimbulkan kemarahan yang tidak terkendali di dalam negeri. Sekarang kembali ke topik di sini, seluruh gagasan tentang kecenderungan nasionalis dan pengorbanan untuk bangsa tampaknya semakin menipis menurut penulis. Penulis mencoba menghadirkan sudut pandangnya sendiri mengenai kepahitan terhadap Barat. Meskipun tujuan utamanya adalah untuk menyimpulkan dari pembacaan ide-ide negara bangsa seperti yang digambarkan kepada dunia. Mesin politik dan fungsinya sebagai kesatuan yang memberikan gagasan negara bangsa yang kuat ditolak dalam artikel ini. Oleh karena itu artikel ini disajikan untuk menunjukkan bagaimana gagasan nasionalisme dan representasi fungsionalnya berdampak pada khalayak, kaum intelektual dan bagaimana hal itu diterima atau dibalas. Makalah ini disajikan untuk memberikan gambaran tentang retorika yang telah berkembang. Perkembangan zaman saat ini menghalangi masyarakat untuk melakukan nasionalisme buatan negara dan penolakan terhadap proses pemaksaan ide-ide oleh massa, terutama dengan munculnya media baru.

Analisa Tema: Gagasan-gagasan nasionalisme telah diwujudkan dalam bentuk-bentuk yang sangat penting untuk digambarkan baik secara internal maupun eksternal seperti yang telah disebutkan di atas. Komunikasi politik ideologi nasional dalam bentuk diplomasi publik disebut juga soft power dalam hubungan internasional mempunyai target audiens yang berbeda-beda. Salah satu contoh komunikasi atau retorika politik dari institusi politik yang berwujud seseorang di zaman modern ini dapat bersumber dari Iran. Retorika rezim Mahmud Ahmadinejad tentang Iran dan gambaran ideologisnya memiliki pemahaman yang aneh. Ini adalah contoh unik karena kerangka sosial dan politik Iran memiliki komponen yang sangat penting berupa pemimpin tertinggi agama selain perdana menteri. Dominasi retorika Ahmadinejad dan menghadirkan bentuk baru nasionalisme Neo Iran merupakan hal baru dalam sejarah nasional. Sebagaimana makalah yang ditulis oleh Navid Fozi menggarisbawahi fakta bahwa kultus kepribadian adalah pendekatan komunikasi politik yang dipersonalisasi. Argumen ini jika dikemukakan dapat digunakan untuk mengemukakan pendapat bahwa bagaimana seseorang telah membentuk jati diri bangsa. Mulai dari poin pengantar makalah yang membahas tentang gagasan negara fasis dan bagaimana komunikasi politik merupakan alat yang ampuh untuk memanipulasi audiens. Di sini, di makalah ini seperti disebutkan sebelumnya, bukti statistik atau prima facie untuk keterlibatan penonton tidak dapat diberikan karena alasan teknis. Tugas utama makalah ini adalah menyajikan kerangka konseptual tentang bagaimana instrumen komunikasi politik telah membentuk emosi terhadap nasionalisme. Identitas nasional dan ide-ide nasionalisme yang memiliki banyak emosi berbeda yang melekat di dalamnya akan berhasil jika penonton dapat terhubung dengannya. Ide-ide itulah yang ditafsirkan dan bagaimana orang-orang dihimpun ke suatu titik berdasarkan komunikasi. Aspek politik komunikasi itu tergantung pada faktor-faktor seperti sosial ekonomi, budaya, etnis dan faktor lainnya. Berhubungan dengan massa dan menyebarkan gagasan bahwa massa dapat terhubung adalah apa yang dimaksud dengan komunikasi politik dalam konteks nasionalisme. Gagasan tentang bangsa, negara bangsa menurut **Benedict Anderson** dikenal dengan istilah **"Imagined Communities"** . Kini tulisan ini mencoba memahami dan menyajikan contoh bagaimana komunikasi politik diwujudkan untuk digunakan dalam konstruksi gagasan nasionalisme. Nasionalisme radikal bergantung pada kombinasi beberapa faktor yang meliputi suasana politik, ekspektasi terhadap negara dan tentunya faktor-faktor lain yang telah disebutkan untuk memberikan gambaran bahwa bagaimana komunikasi politik merupakan faktor kunci dalam persuasi agar diterima oleh khalayak. Bahkan jika gagasan perjuangan nasionalis dipecah menjadi bagian-bagian yang lebih kecil, ras/warna kulit/etnis dapat mengarah pada perjuangan untuk identitas. Komunikasi politik bisa berbentuk radikal atau moderat, tergantung pada pertanyaan yang mendasari keseluruhan gagasannya, tergantung pada situasi dan konteks. Ide-ide nasionalisme telah berubah seiring berjalannya waktu. Contoh-contoh telah dicoba disajikan dalam makalah tentang evolusi nasionalisme dan gagasan-gagasannya yang dikemukakan melalui proses komunikasi politik. Ide-idenya berbeda dari periode waktu dan konteks sosial yang berbeda. Sekalipun gagasan nasionalisme di India, kecuali gagasan-gagasan tertentu yang konsisten terutama terhadap Pakistan, hubungan kekaguman-benci yang tidak wajar dengan dunia Barat, gagasan-gagasan nasionalisme India selalu berubah. Ini memiliki konotasi yang aneh dengan komunikasi politik baik di tingkat domestik maupun internasional. Idenya adalah untuk memahami betapa kuatnya komunikasi politik bagi gagasan nasionalisme. **Karl Deutsch** sangat menekankan gagasan komunikasi sosial dan bagaimana akumulasi budaya memainkan peran yang sangat penting dalam keseluruhan proses. Demikian pula gagasan nasionalisme Jepang yang didasarkan pada homogenitas budaya berskala besar dan telah menjadi esensi politik serta komunikasi sosial mereka.

Namun pemikiran yang pernah disampaikan **Yuko Kawai** dalam makalah Neoliberalisme, Nasionalisme dan Komunikasi Antarbudaya bahwa di era globalisasi gagasan nasionalisme budaya Jepang mengalami perubahan. Makalah ini mencoba untuk mendefinisikan kembali gagasan tentang sudut pandang politik dari dampak globalisasi dan bagaimana dampaknya terhadap gagasan baru Jepang dan gagasan nasionalisnya yang sedang berkembang. Seluruh gagasan yang beralih ke ideologi neo liberal telah mengubah cara mengkonstruksi identitas nasionalisnya. Komunikasi politik di sini tidak disebutkan dalam arti yang sempit tetapi pergeseran ideologi yang terjadi itulah yang menjadi fokus komunikasi politik. Gagasan tentang pengaruh politik dan nilainya adalah yang paling menggambarkan hubungan tersebut pada contoh yang diberikan di atas. Sebenarnya gagasan keseluruhan makalah ini adalah untuk memahami hubungan gagasan nasionalisme yang diwujudkan melalui aspek komunikasi politik. Dari masa sejarah hingga masa lalu Jepang yang selalu dipandang sebagai negara yang bangga secara budaya dan dominan melalui berbagai lini masa di Asia telah mengalami pergeseran di zaman modern. Sebagaimana telah disebutkan, gagasan dari makalah ini adalah untuk terus-menerus membangun gagasan bahwa bagaimana komunikasi politik yang memiliki banyak faktor tambahan berupa faktor sosial, budaya, dan ekonomi menentukan gagasan nasionalisme. Contoh yang terjadi di Jepang menunjukkan bagaimana corak sejarah kekaisaran dan nasionalisme ekonomi telah berubah seiring berjalannya waktu. Pergeseran komunikasi politik dari Jepang dalam bentuk soft power mereka sendiri menyoroti fakta tersebut. Hal ini mencakup bantuan keuangan, inovasi teknologi, serta peralihan mereka menuju budaya global. Keseluruhan perpaduan ini dikemukakan oleh perubahan-perubahan dalam komunikasi politik yang memberikan gagasan tentang betapa pentingnya komunikasi dan pendiriannya membentuk gagasan tentang bangsa dan identitas nasional. Bagian penutup dari makalah ini akan berfokus pada bagaimana masa depan dapat membentuk hubungan ini. Masa depan komunikasi politik dan gagasan nasionalisme akan berkembang dalam konteks ekonomi serta evolusi media yang menyampaikan pesan.

Perspektif nasionalisme dan komunikasi politik yang terus berkembang: Tiongkok adalah salah satu contoh cemerlang tentang bagaimana keseluruhan gagasan komunikasi politik dapat disusun berdasarkan ideologi perusahaan sesuai dengan gagasan nasionalis baru. Hal ini telah disebutkan dalam makalah yang ditulis oleh **Jian Wang** dalam makalah " *Politik Simbolisme Bisnis: Mengeksplorasi Nasionalisme Konsumen dan Implikasinya Terhadap Manajemen Reputasi Perusahaan*". Makalah ini menyoroti fakta bahwa rezim politik di Tiongkok telah mengubah pendirian mereka dari ekonomi komunis sejak masa Mao, menjadi kecenderungan industri yang perlahan namun pasti di bawah kepemimpinan Deng Xiao Ping, ke sikap konsumeris sejak akhir tahun 80-an. Mirip dengan contoh Jepang seperti disebutkan sebelumnya, contoh Cina adalah kejadian lain dalam kaitannya dengan evolusi komunikasi politik seiring dengan perubahan zaman. Komunikasi politik tidak selalu bergantung pada khalayak terlihat dari contoh-contohnya. Ide-ide seringkali bermula dari atas dan kemudian diturunkan ke masyarakat luas. Namun evolusi media telah mengganggu praktik tersebut belakangan ini. Contoh revolusi media baru telah mengganggu alur komunikasi politik dan model penerimaan khalayak. Rangkaian ruang komunikasi politik yang baru dalam bentuk media interaktif telah menciptakan jalur baru di mana kekuatan kapitalistik dari media pemerintah atau swasta sedang ditantang. Bentuk pengawasan media yang tidak konvensional telah membuka jalan baru. Hal ini dibahas pada bagian penutup makalah karena tema yang diangkat adalah komunikasi politik dan nasionalisme. Jadi bentuk-bentuk media baru adalah ruang baru bagi kaum liberal dan neo-liberal untuk mengorganisasikan ide-ide mereka dan menyebarkannya. Oleh karena itu, gagasan mengenai media baru dan komunikasi politik tidak dapat diabaikan saat menyimpulkan makalah ini. Demikian pula berbagai faktor lain dalam penggunaan sinema dan olahraga telah digunakan dengan cara yang bermotif politik untuk tujuan nasionalis. Seluruh gagasan Olimpiade modern sejak tahun 1896 atau Piala Dunia FIFA menggambarkan rasa otoritas, citra merek suatu negara dan untuk menanamkan rasa bangga menjadi milik negara tuan rumah. Namun sepak bola yang merupakan olahraga global mulai kehilangan kecemerlangannya sebagai wadah kecenderungan nasionalisme. Ide tersebut muncul dari makalah yang ditulis oleh **Ilan Tamir** dari Universitas Israel berjudul *"Penurunan Nasionalisme di Kalangan Penggemar Sepak Bola"*. Gagasan yang muncul pada paragraf sebelumnya adalah bahwa gangguan dalam komunikasi politik dan pendekatannya terhadap khalayak terjadi karena munculnya platform media baru. Hal ini juga dapat diungkapkan dengan baik dalam makalah terkait sinema dan media di mana globalisasi telah membawa identitas hibrid baru dan hilangnya ide untuk menggunakannya dalam komunikasi politik. Globalisasi dalam bidang ekonomi, media, dan olahraga memotong jalur komunikasi politik yang bersifat jingoistik. Bahkan acara televisi populer yang berkaitan dengan menari, menyanyi seperti Eurovision, You can dance Canada mempromosikan jenis nasionalisme komersial baru. Gagasan nasionalisme semacam ini lebih banyak dikaitkan dengan unsur yang lebih lunak. Ada ketidakstabilan dalam nasionalisme semacam ini. Sebagaimana makalah yang ditulis oleh **Christine Quail** menempatkan hal ini dalam perspektif yang baik, nasionalisme komersial semacam ini membentuk kembali keseluruhan gagasan nasionalisme. Terjadi perubahan daya tarik nilai-nilai nasionalisme terkait dengan perubahan nilai-nilai budaya dan ekonomi. Namun ada juga aspek lain dari nasionalisme di zaman media online dan pemanfaatannya bagi khalayak. Ruang online menghadirkan perspektif nasionalisme yang sangat baru di mana gagasan tentang identitas dan kaitan dengan nasionalisme selalu ditantang. Gagasan yang dikemukakan **Lukasz Szulc** dalam makalahnya yang membahas tentang identitas online nasionalisme dan identifikasi pribadi terkait identitas seksual memberikan perspektif yang sangat penting bahwa ruang online melampaui identitas lain.

Kesimpulan: Ide-ide mengeksplorasi nasionalisme secara online adalah salah satu area di mana makalah ini dapat dilihat lebih jauh. Ide-ide tentang nasionalisme seperti yang disajikan dalam ikhtisar ini memberikan pendahuluan bahwa media baru mengubah ide-ide tentang batas-batas negara dan perasaan yang terkait dengannya. Ide-ide nasionalisme diaspora merupakan sebuah konsep yang muncul dari konsep media baru yang melintasi negara-negara. Sebagaimana makalah yang ditulis oleh **Youna Kim** menyatakan bahwa bentuk nasionalisme baru sedang mengemuka. Perempuan memimpin khususnya di negara-negara Asia Timur dalam menyebarkan dan mereformasi gagasan tentang nasionalisme dengan akses internet dari rumah. Gangguan-gangguan seperti ini adalah masuknya unsur-unsur baru untuk membentuk konstruksi nasionalisme baru melalui media baru. Sangat menarik untuk dikemukakan di sini bahwa elemen-elemen non-arus utama, jika dapat ditempatkan sedemikian rupa, akan tercipta untuk Arab Spring. Arab Spring dalam arti yang paling sempit mungkin tidak berhubungan dengan nasionalisme namun membawa perspektif demokrasi dan pesan-pesannya. Aspek komunikasi politik ini juga merupakan semacam propaganda hak-hak demokrasi yang dapat dipengaruhi oleh semakin banyaknya kekuatan yang tidak aktif secara politik akibat penyebaran media sosial. Dimensi suara politik semacam ini mempengaruhi perubahan pandangan politik, kampanye dan keseluruhan konstruksi identitas politik dan nasionalisme. Ini adalah komponen kunci dari gagasan yang diwujudkan dalam era media sosial saat ini. Arus informasi yang bebas telah memungkinkan suara-suara independen untuk muncul dan memperjuangkan ide-ide identitas mereka yang dibangun berdasarkan nasionalisme. Hal ini juga dapat dilihat dari perspektif identitas daerah. Satu-satunya faktor utama di sini adalah asal mula nasionalisme dalam konteks baru media yang terus berkembang sehingga menjadikannya faktor yang menarik di masa sekarang. Seperti yang diungkapkan oleh makalah **Zhongshi Guo** dkk dalam makalah berjudul **"Nasionalisme sebagai Imajinasi Publik"** yang berfokus pada aspek bagaimana media menciptakan gagasan wacana nasionalis. Media adalah kekuatan aktif yang dapat membantu menciptakan gagasan paralel tentang kecenderungan nasionalis seperti yang telah disebutkan dalam makalah tentang Tiongkok. Inilah gagasan tentang bagaimana media menciptakan bentuk nasionalisme baru di negara seperti Tiongkok yang arus informasinya dibatasi. Sesuai dengan judul makalahnya mengemukakan gagasan-gagasan imajinasi masyarakat dalam bentuk nasionalisme sehingga gagasan-gagasan tersebut dapat mengalir masuk melalui media sosial atau media baru yang sedang berkembang. Mengapa? Alasannya, agar tidak terkena blokade informasi seperti media konvensional. Hal ini tidak dapat dikendalikan melalui aliran modal atau kekuatan konvensional. Arah pesan dan arus informasi yang tanpa hambatan menjadi pertimbangan penting di masa kini yang juga melibatkan gagasan nasionalisme. *Karl Deutsch* adalah salah satu penulis yang pernah menulis tentang nasionalisme dan gagasan bangsa. Tulisannya mencoba memusatkan perhatian pada gagasan nasionalisme melalui kulminasi aspek sosial dan politik bangsa. Komunikasi yang dituangkan dalam karya-karyanya merupakan gagasan sentimen kebangsaan. Hal ini sendiri merupakan bagian penting dari konstruksi sentimen nasionalisme dan penggunaannya dalam komunikasi politik. Penggunaan media baru saat ini adalah internet sudah banyak dibicarakan. Namun internet kembali dilibatkan dalam diskusi karena merupakan salah satu platform paling dinamis di zaman modern. Cara bentuk baru komunikasi nasionalistik diwujudkan dalam media komunikasi baru. Sebagaimana makalah yang ditulis oleh **Hyun Ki Deuk** dkk berbicara tentang penggunaan internet tidak hanya untuk menyebarkan nasionalisme, tetapi juga dapat digunakan untuk memanipulasi penggunaan nasionalisme untuk komunikasi politik. Sebagaimana dikemukakan dalam makalah tersebut, gagasan penggunaan internet sebagai platform telah mengubah cara terjadinya komunikasi seperti yang ditunjukkan oleh judul makalahnya yang membahas komunikasi politik dan nasionalisme dengan cara baru. Internet seperti yang dikemukakan dalam makalah tersebut digunakan oleh Tiongkok untuk memobilisasi kaum nasionalis anti-Jepang di negara tersebut. Ini adalah aspek yang sangat penting dalam evolusi komunikasi. Internet adalah forum yang telah mengembangkan konteks bagaimana masyarakat kini menjadi bagian dari keseluruhan proses komunikasi. Komunikasi selalu berkembang seiring dengan perubahan zaman, namun internet mungkin telah memberikan bentuk platform terpenting yang diterima peradaban manusia. Ide internet telah menghilangkan hambatan elitis dalam komunikasi politik. Hal ini pada gilirannya menciptakan ruang bagi suara-suara lateral yang umumnya tidak terdengar ketika kekuatan komunikasi dihambat melalui cara-cara konvensional. Makalah **Sriram Mohan** yang membahas tentang "*Menemukan Internet Hindu*" membawa perspektif ini. Hal ini sangat penting untuk direnungkan saat makalah ini beralih ke bagian penutup. Ruang independen dimana masyarakat bisa mengemukakan pandangannya merupakan konteks yang sangat penting tidak hanya bagi pergerakan nasional yang terjadi pada tingkat yang lebih luas. Identitas masyarakat yang bersuara terpinggirkan mendapat opini yang kuat dalam perpecahan ruang digital. Seperti contoh makalah di atas dimana umat Hindu radikal bisa menyebarkan ideologinya atau setidaknya bermanifestasi untuk ide-ide yang terpinggirkan di masyarakat umum. Internet tidak hanya menciptakan ruang bagi nasionalisme jenis baru tetapi juga mengganggu munculnya faksi-faksi dalam identitas gagasan nasionalisme. Ada diaspora berbeda yang berkembang yang memiliki gagasan komunikasi dan merangkul nasionalisme di dunia global. Seperti yang ditulis oleh **Brenda Chan** dalam makalahnya yang berjudul " *Imagining the Homeland: The internet and diasporic discourses of Nationalism* " bahwa di dunia internet meskipun Anda menjauh dari pusat inti nasionalisme Anda, namun Anda tetap dapat menyuarakan pendapat Anda dan pendapat-pendapat yang dapat muncul meskipun Anda sedang berada di tengah-tengah nasionalisme. terputus dengan akarnya. Jadi gagasan nasionalisme dan komunikasi berkembang dari gagasan tentang identitas opini dan suara yang penting. Cara memandang ke depan terhadap hal-hal itulah yang menentukan keseluruhan gagasan ke mana nasionalisme bergerak maju. Argumen yang berkaitan dengan keseluruhan gagasan nasionalisme mungkin memiliki konstruksi yang sangat berbeda, namun di sini pokok bahasannya dibatasi pada format nasionalisme yang terus berkembang dan aspek komunikasinya dengan platform internet yang sedang berkembang. Bagaimana bentuk-bentuk lain mengemukakan seluruh perdebatan yang bersifat musyawarah membawa argumen penutup bagi ruang internet sebagai platform komunikasi. Makalah **Peter Dahlgren** mengangkat topik internet sebagai pintu masuk ke ruang publik sebagai fenomena yang sangat baru. Ide makalah ini sangat menarik dalam aspek ini karena pengakuan internet sebagai platform baru adalah fokus utama makalah ini. Namun, aspek yang paling menarik adalah yang merangkum keseluruhan gagasan tulisan ini. Hal ini memberikan pemahaman yang tepat bahwa komunikasi politik termasuk nasionalisme masuk ke dalam konteks dari perspektif marginalis. Ini adalah titik fokus utama makalah ini untuk perspektif komunikasi yang berkembang.

Yang Diketahui Tidak Diketahui: Dunia tanpa Asia dalam Geo-Politik Abad ke- 21

Pemerintahan AS sejak masa pasca perang dunia ke-2 telah memimpin tatanan dunia yang didominasi oleh kebijakan-kebijakannya. Meskipun untuk jangka waktu tertentu telah terjadi persaingan yang ketat antara Amerika Serikat dan Uni Soviet. Dunia yang didominasi oleh kedua kekuatan ini dan intervensi terus-menerus mereka di seluruh dunia telah membentuk dunia hingga tahun 1990an sebelum runtuhnya Uni Soviet. Pasca itu merupakan fase lain dari politik dunia dan pembentukan kebijakan, namun sebagian besar hanya dilakukan oleh Amerika Serikat.

Pemikiran mengenai politik dunia yang didorong oleh teori-teori realisme, neo-realisme atau aliran pemikiran liberal pada akhirnya mempunyai pragmatisme yang menggerakkan kebijakan.

Geopolitik mempunyai hubungan yang kuat dengan masyarakat dan kebutuhan yang dapat dicerminkan oleh unit administratif. Sejak berakhirnya perang dingin, AS terlibat lebih dari satu konflik di seluruh dunia. Jika AS bersikap asertif pada fase pasca perang dunia, maka intervensi AS juga akan meningkatkan fase pasca perang dingin. Dalam masa-masa konvensional yang tidak menentu, yang sekarang dikenal sebagai dunia yang mudah berubah, tidak pasti, rumit, dan ambigu, dinamika pembuatan kebijakan di AS mungkin lambat dalam beradaptasi.

Globalisasi telah mempengaruhi politik dunia dengan cara yang sama seperti awal mulanya.

Begitulah cara kaum merkantilis dunia barat berlayar ke belahan dunia lain. Saat ini, trennya telah berbalik sejak berakhirnya perang dingin dengan keluarnya kekuasaan dan uang dari dunia barat. Hal ini penting untuk dipertimbangkan sebagai kebijakan sipil, intervensi kebijakan luar negeri serta kecenderungan hegemonik kekuatan barat. Harus diingat bahwa cara dominasi Amerika didasarkan pada penafsiran dunia. Hal ini akan membawa kita pada pertanyaan tentang etika. Sebuah pertanyaan tentang memahami dunia yang mungkin tidak berhubungan dengan Amerika Serikat dalam hal budaya dan tentu saja kedekatan geografis. Namun dampak kebijakan luar negeri AS tidak dapat diabaikan. Hal ini sudah ada sejak abad yang lalu dan karena seluruh dunia telah dilanda gelombang Globalisasi, masih ada pertanyaan mengenai apa yang bisa diseimbangkan. Persoalan etika dimana pihak yang berkuasa masih memangsa pihak yang tidak berdaya dalam ranah politik global. Selain itu, masih ada pertanyaan besar yang tersisa sehubungan dengan terbentuknya globalisasi dalam dua dekade terakhir. Oleh karena itu, pertanyaan tentang etika mengenai dampak apa yang dapat ditimbulkan oleh suatu tindakan sering kali terlampaui atau sengaja dilupakan. Bencana yang terjadi pada masa Perang Irak pada tahun 2003 adalah salah satu periode dalam sejarah yang tidak dapat diabaikan sebagai salah satu keputusan tersebut. Keputusan yang berdampak pada geopolitik modern hingga saat ini. Namun, jika kita melihat orang-orang yang terlibat, pasti ada pertanyaan.

Pertanyaan-pertanyaan itulah yang akan menentukan apakah orang-orang yang berkuasa yang mengemban tugas tersebut dapat menjawab atas tindakan yang diambilnya. Dalam hal tanggung jawab, idenya adalah untuk memahami bahwa seseorang seperti Donald Rumsfeld yang pernah menjabat sebagai Menteri Pertahanan sebagai salah satu orang termuda dan tertua di bawah dua presiden AS yang berbeda telah melihat banyak perubahan dalam dua masa jabatannya. Yang disoroti berdasarkan perannya sebagai Menteri Pertahanan di bawah George W. Bush Jr. telah menjadi bahan perdebatan dan juga diliput dalam film dokumenter The Unknown Known berdasarkan salah satu pernyataan terkenalnya yang dibuat sebagai reaksi terhadap Irak. Perang. Gagasan intervensi AS di Irak sudah menjadi perdebatan karena AS pada saat itu sudah terlibat di Afghanistan. Di balik itu muncul pertanyaan tentang keterlibatan AS dalam perang terhadap negara lain. Para prajurit dikirim untuk bertempur aktif dengan tujuan yang tidak didefinisikan atau dipahami dengan jelas. Di sini esai ini berupaya memahami pertanyaan tentang pengambilan keputusannya sebagai salah satu penasihat utama Kepresidenan Bush (Rumsfeld). Nasihat tersebut didasarkan pada pandangannya yang dapat dikatakan dibuat untuk menghadapi musuh yang dibayangkan adalah rezim Irak dan presiden diktator mereka saat itu, Saddam Hussain. Namun, kehati-hatian dan pertanyaan etika yang didasarkan pada pertanyaan intervensi tidak pernah ditindaklanjuti. Saddam Hussain juga harus disalahkan. Dia tidak kooperatif yang akan menjadikan komunikasi Barat berdasarkan sikap non kooperatifnya digunakan sebagai pembenaran intervensi pasukan AS. Jatuhnya rezim Irak yang terjadi kemudian tidak dapat diabaikan karena banyaknya kengerian yang terjadi selama pendudukan Irak oleh pasukan AS. Selain itu, penyiksaan terhadap tawanan perang di Teluk Guantanamo sempat menggemparkan dunia. Sekarang, ketika semua poin ini disebutkan, pertanyaan tentang etika bahkan jika dikesampingkan sejenak, setidaknya kita perlu menanyakan rasionalitasnya. Seorang menteri pertahanan yang tidak memikirkan dampak intervensi di Irak dan menggulingkan sebuah rezim yang tidak diragukan lagi bersifat diktator namun memiliki negara yang rapuh. Penggulingan Rezim Saddam berdasarkan bukti yang tidak meyakinkan bahwa rezimnya membuat senjata pemusnah massal telah menempatkan negara, kawasan, dan dunia dalam bahaya. Meningkatnya ancaman setelah runtuhnya Rezim Saddam dapat dilihat oleh seluruh dunia saat ini. Kelompok teroris yang berbahaya dan lebih ekstremis daripada Al-Qaeda dalam bentuk ISIS telah bermunculan. Maka jelas timbul pertanyaan, posisi etis seperti apa yang diarahkan oleh orang seperti Donald Rumsfeld. Oleh karena itu, berkurangnya tanggung jawab negara-negara besar dan orang-orang yang menggerakkannya perlu dipertimbangkan. Inilah pertanyaan-pertanyaan yang diangkat dalam film dokumenter.

Sambil tetap fokus pada Donald Rumsfeld, kita tidak boleh melupakan skenario politik di AS saat itu. Runtuhnya menara kembar tersebut merupakan simbol jatuhnya harga diri AS yang dianggap sebagai negara terhebat di dunia oleh media dan masyarakat di sana. Kekuatan asing yang mendukung dogmatisme agama yang telah melukai AS jelas menciptakan skenario politik yang tidak dapat dibayangkan dalam visi terjauh mereka. Tekanannya sangat besar terhadap George Bush Jr. yang baru saja menjabat sebagai presiden untuk pertama kalinya dan politik AS telah memberikan jawabannya. Dari aula senat kongres AS hingga debat media dan ruang kepresidenan, orang mungkin berpikir bahwa seruan untuk perang terhadap dunia Arab sangatlah signifikan. Saddam Hussain sebelumnya menjadi sasaran perang teluk pada tahun 1990-an dan sudah cukup lemah sehingga ia dapat mempertahankan kekuasaannya namun mendapat teguran yang tepat dan pantas atas serangannya yang tidak beralasan terhadap Kuwait. AS tidak menyia-nyiakan kesempatan itu untuk mengingatkan bahwa sekutunya jika diancam tidak akan dilepaskan. Terdapat keseimbangan dalam pendekatan dan tema esai yang diusung yaitu pertimbangan etika dengan tetap menjaga pragmatisme di era globalisasi. Namun, di bawah kepemimpinan Donald Rumsfeld meskipun mungkin agak keras dan nada pada masa itu mungkin seperti itu, dia tidak memberikan perhatian yang cukup untuk mempertimbangkan kekuatan besar yang dimiliki AS. Dampak dari kekuatan intimidasi Amerika tidak dianggap akan menciptakan ketidakstabilan dan hilangnya nyawa. Yang paling penting adalah skenario mengerikan jangka panjang apa yang akan terjadi setelah Amerika menyingkirkan Saddam Hussain. Pandangan konservatif dan fanatik yang disamarkan sebagai masalah harga diri nasional dan keamanan masyarakat di dalam negeri juga telah menyebabkan banyak korban jiwa di AS. Terkait dengan konteks ini, Amerika bahkan sebelum terlibat dalam perang Irak tahun 2003 telah melakukan hal yang sama dengan perang Vietnam dan juga krisis Libya pada awal dekade terakhir. Oleh karena itu, kesalahan yang ditimpakan pada kepresidenan Bush dan penasihat utamanya terkait dengan intervensi di Irak dan bagaimana situasi tersebut ditangani pasti dapat diarahkan pada Rumsfeld. Namun, hal ini tidak akan mengubah fakta bahwa orang seperti dia yang telah memiliki pengalaman menangani posisi penting tersebut harus lebih rasional dan menyampaikannya dengan cara yang lebih diplomatis. Kurangnya kebijaksanaan dan cara menangani masalah, serta pernyataan kurang ajar yang dilontarkan di forum publik, menjadikannya sosok yang memecah belah. Pembuatan kebijakan dan pendekatan berkepala dingin yang diperlukan untuk mengambil keputusan yang akan berdampak pada dunia di tahun-tahun mendatang jelas-jelas terlewatkan. Dampak dari kekeliruan seperti ini di bawah pemerintahan

Rumsfeld telah memberikan dampak yang sangat besar, bahkan di Amerika Serikat.

Dalam film dokumenter tersebut, fokusnya adalah pada pemahaman Donald Rumsfeld sebagai karakter dan bagaimana orang tersebut bertindak. Meskipun ketika muncul pertanyaan tentang pemahaman karakter Donald Rumsfeld seperti yang telah disebutkan sebelumnya, situasi politik pada masa itu perlu kembali dipikirkan. Ide orang tersebut dan apa yang mendorong idenya serta proses berpikirnya perlu dipahami untuk esai. Hal inilah yang akan memudahkan pemahaman terhadap kebijakan yang diambil olehnya. Oleh karena itu, proses pemahaman kebijakan-kebijakan di sekitar masa Perang Irak tahun 2003 merupakan masa ketika barat sedang sibuk memproyeksikan citranya. Citra para pembebas dari rezim rezim yang mengerikan. Hal inilah yang menjadi titik penggerak pengambilan kebijakan Donald Rumsfeld dan juga dapat dikatakan sebagai titik penggerak segala tindakan yang diambilnya. Oleh karena itu, pertanyaan mengenai arahan kebijakan Donald Rumsfeld dan pertanyaan mengenai etika bukanlah satu-satunya kekhawatiran. Untuk memahami pria tersebut proses investigasi terkait dengan bagian etika dan pertanyaan tentang kebijakannya yang banyak terjadi di balik layar. Amerika pada masa tahun 2003 baru dua tahun melakukan perang melawan teror. Namun, yang masih menjadi pertanyaan adalah seberapa efektif pertempuran tersebut berlangsung. Uang pembayar pajak dan seluruh sumber daya yang dikerahkan untuk upaya perang di Afghanistan tidak menunjukkan hasil yang terlalu banyak. Rencana strategis mekanisme pertahanan AS nampaknya tidak berjalan dengan baik apalagi sasaran utamanya adalah Osama Bin Laden. Di tengah semua ini, AS tahu bahwa Saddam Hussain yang tidak ada hubungannya dengan Taliban dan bahkan sangat menentang mereka bisa menjadi pengalih perhatian yang sempurna. Gangguan bagi pemerintah AS untuk menemukan jalan baru agar opini publik ditata ulang dan dibentuk. Itulah sebabnya seluruh gagasan mengenai persoalan etika menjadi goyah sejak awal. Inisiasi kebijakan masuknya pasukan AS ke negara Irak merupakan salah satu faktor yang perlu diperhatikan dari sudut pandang Afghanistan. Akumulasi dari seluruh proses yang telah berlangsung sejak lama berakibat pada lingkaran kebijakan pemerintahan AS. Di sinilah Donald Rumsfeld dan kepribadiannya yang terkait dengan kebijakan dapat dilihat. Presiden AS yang saat itu menjabat, George Bush Jr. dan sikapnya yang seperti apa setelah terjadinya perang baru. Oleh karena itu, gagasan untuk mengartikan pria yang terkenal dengan sebutan "Yang Dikenal-Tidak Dikenal" itu perlu didiskusikan. Skenario sebelum masa jabatannya yang kedua dan kegelisahan serta rasa frustrasi yang menumpuk dalam dirinya membantu menjelaskan kebijakannya.

Ini adalah fokus dari film dokumenter ini, namun pemahaman mendetailnya perlu datang dari tempat di mana ia berasal. Itu telah dilakukan. Sekarang rezim mana yang dia wakili. Ya, itu adalah Partai Republik yang konservatif. Kebanggaan yang mereka bawa dalam mewakili kekuatan Amerika, ketika persamaan kekuatan ini sendiri dipertanyakan sejak lama baik di dalam negeri maupun di luar negeri, di situlah proses berpikir dan harga diri muncul. Fokus pada peran, posisi dan tanggung jawab yang perlu dia lakukan tidak dapat diabaikan. Oleh karena itu, fokus pada hal-hal inilah yang menjadikan Rumsfeld berada dalam posisi yang lebih menguntungkan daripada apa yang mungkin disarankan dalam bagian esai saya sebelumnya. Ini lebih tentang pemahaman holistik tentang manusia. Proses seperti apa yang dia ikuti pada tingkat pribadi dan hierarki pemerintahan? Jawaban atas pertanyaan-pertanyaan ini akan memberinya pemahaman yang lebih baik terutama karena esainya membahas tentang menjawab pertanyaan yang berkaitan dengan keseimbangan. Pendekatan untuk menjaga keseimbangan antara arahan yang dapat membawa AS keluar dari krisis identitas kekuasaan sekaligus menyediakan jalan keluarnya. Inilah yang telah diulangi dan disebutkan melalui esai. Ini adalah titik pendorong untuk esai dan juga untuk menjawab pertanyaan yang berkaitan dengan orang tersebut. Apa yang mendorong orang tersebut untuk terus memikirkan kebijakan yang mungkin dianggap kurang ajar. Selain itu, kepribadian yang dibawanya yang lebih tegas dan ingin mencap otoritas dengan memusnahkan "Yang Lain" tentu menimbulkan pertanyaan tentang etika. Namun, paradoksnya terletak pada pemahaman bahwa satu insiden kekerasan telah memulai proses efek domino terhadap semua rezim yang melakukan kekerasan tersebut. Hari ini bahkan setelah 10 tahun ketika pasukan AS masih ditempatkan di Afghanistan dan juga di Irak, entah orang tersebut tahu untuk apa dia mendaftar. Kekuatan-kekuatan Barat yang dipimpin oleh AS dan Organisasi Perjanjian Atlantik Utara telah mendorong dunia pada saat itu ke arah yang dipimpin oleh orang-orang seperti Rumsfeld. Seperti disebutkan sebelumnya, dampaknya bukanlah perhatian utama karena idenya adalah mengembalikan keseimbangan harga diri Amerika. Oleh karena itu, pernyataan-pernyataan yang dibuatnya atau pengambilan kebijakan yang menjadi bagiannya tidak dapat dikaitkan hanya dengan dirinya saja. Hanya saja perlu dilihat dari sudut objektif dimana jawabannya mungkin terletak pada kejadian titik awalnya. Di sinilah perang melawan teror menjadi jawaban utama yang harus dilawan oleh AS. Perjuangan demi harga diri dan kehormatan dilancarkan olehnya dan dalam sentimen populis memang benar bahwa ia telah kehilangan kebijaksanaan dan diplomasi yang diperlukan. Idenya mungkin meminjam dari jalur Henry Kissinger dari masa lalu.

Kesimpulannya, film dokumenter ini tidak membuat klaim yang berlebihan dan tidak membawa pandangan sensasionalisnya sendiri. Hal ini melekat pada cara pembuatan film dokumenter sebagaimana yang dipahami. Artinya, ia linier dan terus mengikuti rangkaian peristiwa yang digerakkan. Informasi tersebut telah digunakan dan diperluas dalam esai ini untuk mencapai poin-poin yang dapat dianggap sebagai titik penghubung penting namun mungkin terlewatkan. Itulah sebabnya penekanan pada pemahaman kolektif antara faktor-faktor yang mendahului kepindahannya dan situasi yang mengarah pada skenario tersebut menjadi fokus. Di sinilah esai ini mencoba menjembatani kesenjangan antara pembuatan kebijakan, kebutuhan saat itu, dan tuntutan situasi. Ada faktor-faktor yang perlu dipahami, dikontekstualisasikan dan dibedah terutama ketika persoalan etika dan moralitas dikedepankan. Begitulah cara kita memandang dunia pada masa itu. Pertimbangan mengenai sikap dan peralihan ke kebijakan asertif disajikan dalam esai ini. Hal ini dilakukan untuk memberikan pembenaran dan memberi makna pada pembahasan persoalan etika dan kebutuhan jam kerja.

Bahasa sebagai Konstruksi Nasionalisme

Makalah ini merefleksikan penggunaan bahasa dan hubungannya dengan Nasionalisme. Apa yang mengkonstruksi sebuah bahasa dan bagaimana implikasinya menjadi aspek yang sangat penting bagi jati diri suatu bangsa? Mengapa ketertarikan terhadap suatu bahasa penting menjadi pertimbangan masyarakat untuk dikelompokkan dalam suatu komunitas? Itulah beberapa pertanyaan yang coba dijawab dalam makalah ini

Kata Kunci: **Nasionalisme, Identitas, Bahasa, Komunitas, Masyarakat, Afinitas, Ideologi**

Bahasa sebagai sebuah konstruksi yang digunakan dalam makalah "Savage Mind" karya Claude Levi Strauss dapat dilihat dari sudut pandang sebagai sebuah ideologi. Gagasan tentang bahasa dan bagaimana penciptaan kata-kata menciptakan dunianya sendiri merupakan evolusi besar bagi masyarakat manusia. Komunitas dan pemahaman mereka terhadap konsep-konsep di sekitar mereka secara signifikan dipahami dari bahasa. Evolusi masyarakat manusia sangat terkait dengan bahasa. Ideologi dan pemahaman bahasa membantu membangun makna dan juga memberikan rasa kesamaan dan pemahaman. Seperti yang diamati oleh R. Williams "definisi bahasa selalu, secara implisit atau eksplisit, merupakan definisi manusia di dunia". Gagasan bahasa berdampak pada terciptanya institusi sosial baik itu negara bangsa, sekolah, gender dll. Terkait dengan ide bahasa dan penggunaannya adalah area dimana saya ingin melihat karya penelitian saya di masa depan. Ideologi linguistik mempunyai keterkaitan yang sangat kuat dengan aspek budaya, sosial dan lainnya. Sekarang beralih ke konsep bagaimana hal itu dapat dikaitkan dengan pekerjaan saya, tidak diragukan lagi ini merupakan konstruksi yang sangat penting. Ideologi Negara Bangsa yang menjadi komponen kunci dalam usulan penelitian saya memiliki hubungan historis dengan bahasa. Sejarah evolusi bahasa mempunyai kaitan yang sangat penting dengan evolusi geopolitik dan paradigma dari masyarakat berbasis komunitas menjadi negara bangsa. Tentu saja pemerintahan kolonial selama periode waktu tertentu telah mengubah dinamika dan memberikan tantangan besar bagi masyarakat multibahasa. Ketika seluruh paradigma bergeser dari negara kolonial ke negara pasca kolonial, identitas bahasa mengalami perubahan evolusioner.

Seluruh gagasan membangun negara bangsa mempunyai hubungan dengan bahasa. Terdapat perdebatan terus-menerus bahwa bahasa itu sendiri tidak membentuk ideologi suatu bangsa. Ide bahasa telah dikaitkan dengan nasionalisme. Sentimennya sejak lama yang terlihat dari sejarah telah dikaitkan dengan gagasan tentang bangsa. (Anderson 1991) menyatakan bahwa pemerintahan totaliter selalu tidak menegakkan organisasi massa. Lebih dari sekedar penataan massa, gagasan persatuan adalah hal yang paling penting sebagai alat keberhasilan gerakan.

Gerakan Nasional Irlandia dan gerakan kemerdekaan Bangladesh memiliki implikasi bahasa yang sangat besar. Demikian pula contoh lain dari Catalonia dapat diberikan juga. Gagasan tentang bahasa sendiri berasal dari fakta bahwa bahasa menghubungkan dan mengikat orang-orang. Seperti ide dari artikel "Savage Mind" sendiri yang menyatakan bahwa bahasa mempunyai ideologi yang sangat penting. Aspek ini sangat krusial dalam karya yang bertumpu pada aspek nation branding. Ide-ide bangsa mempunyai keterkaitan yang lebih dalam dengan bahasa dan menciptakan identitas. Contohnya tentu saja negara-negara Eropa yang identitasnya erat kaitannya dengan konstruksi bahasa. Berdasarkan bacaan dari makalah ini, ini adalah tentang pemahaman ideologi dan bukan hanya nomenklaturnya. Gagasan tentang bahasa menjadi fokus karena dalam karya "Savage Mind" gagasan tentang bahasa menandakan konsep gagasan dan emosi di baliknya.

Kata-kata mempunyai makna dan setiap makna menciptakan ideologi yang dapat dipahami oleh sekelompok orang tertentu yang tergabung dalam suatu komunitas. Rasa memiliki ini dapat diwujudkan dalam gagasan pembentukan negara bangsa; meskipun belum tentu karena bisa juga bersifat transnasional. Ideologi dan bahasa muncul dalam konteks studi budaya secara bersamaan dan telah berkembang dalam penggunaan di banyak bidang berbeda. Namun ada perbedaan besar dalam bahasa itu sendiri dan penerapan ideologisnya. Saya ingin mengerjakan Nation Branding yang konstruksi bahasanya dan makna tersiratnya sangat berkaitan dengan daya tarik ideologis penuturnya. Namun jika kita mengambil contoh bahasa Bengali, penggunaan ideologisnya memiliki banyak perbedaan dalam penerapan kontekstual di Benggala Barat dan Bangladesh. Pemanfaatan semata-mata pergulatan seputar bahasa di timur dan barat Benggala memberikan identitas yang sangat berbeda pada bahasa. Pakistan Timur yang saat itu bernama Bangladesh mempunyai gagasan kemerdekaan dan tuntutan pemerintahan sendiri yang dibangun berdasarkan bahasa Bengali. Hal ini tidak terjadi di wilayah barat Bengal di Uni India. Ada beberapa pendekatan berbeda terhadap ideologi bahasa, dan yang paling penting adalah konteks etnografis. Malinowski yang dianggap sebagai bapak etnografi setelah penelitiannya di Pulau Trobriand juga menyoroti pentingnya bahasa sebagai sebuah konsep dalam etnografi. Pengamatan yang sama juga diberikan oleh (Mannheim 2004) bahwa bahasa juga menciptakan konsep budaya yang sangat berbeda seperti yang ia amati dalam penelitiannya di Peru.

Pekerjaan saya berupaya menggarap konsep terkait penggunaan bahasa sebagai identitas utama kewarganegaraan atau kepemilikan. Namun sebagaimana disebutkan sebelumnya bahwa bahasa itu sendiri tidak mempunyai makna untuk mengkonstruksi gagasan nasionalisme. India sendiri adalah salah satu contoh terbaik di mana bahasa tidak memiliki kesamaan identitas untuk membangun identitas nasional. Namun demikian, identitas India sebagai sebuah bangsa telah dibangun melampaui batasan ideologis suatu bangsa. Melihat keseluruhan gagasan bahasa sebagai sebuah entitas ideologis untuk membangun kebangsaan yang sama, maka India akan menjadi contoh yang aneh di mana bahasa-bahasa berbeda berkembang di wilayah geografis yang sama. Asia Selatan sendiri telah menciptakan dua negara berdasarkan gagasan bahasa yang mencakup Pakistan juga meskipun berisiko terdengar bias. Contoh Bangladesh telah disebutkan sebelumnya. Bahkan di negara tetangga kita yang lain seperti Nepal dan Bhutan pun memiliki identitas budaya tersendiri yang memiliki keterkaitan dengan bahasa mereka sebagai konstruksi sosial yang penting? Bahasa sebagai konstruksi sosiologis dan ideologis mungkin memiliki aspek yang serupa atau berbeda. Kasus Pakistan telah dibahas dalam artikel yang ditulis oleh Alyssa Ayres dalam **Speaking like a State: Language and Nationalism in Pakistan** . Dunia saat ini yang berada dalam sisa-sisa Nasionalisme. Benedict Anderson (1991) menyatakan bahwa "Bangsa tidak dapat terbentuk tanpa teks yang menggunakan bahasa tertulis yang terstandarisasi". Mungkin Anderson berasumsi bahwa bahasa nasional sudah tersedia sebagai instrumen politik. Kamusella dalam tulisannya menggambarkan contoh unik negara-negara Eropa Tengah yang pernah menjadi bagian dari kekuasaan tunggal Uni Soviet.

Namun setelah pecahnya Uni Soviet, muncullah 15 negara berbeda yang semuanya memiliki kebangsaan dan etnis berbeda. Contoh nasionalisme

Magyar dalam situasi pemisahan Hongaria dari Austria mungkin tepat di sini. Kekaisaran Austro – Hungaria dari Dinasti Habsburg terpecah belah dalam konsep bahasa. Sekarang memperluas konsep ini lebih jauh ke masyarakat Jerman di Polandia atau Cekoslowakia sendiri berdasarkan bahasa mereka selain dari etnisitasnya memberi Hitler kesempatan untuk meminta "Lebensraum" dan berusaha untuk mencaplok wilayah-wilayah ini sebagai bagian dari Negara Jerman yang besar. Bahasa juga mempunyai peranan yang sangat penting di India sendiri yang pada awalnya telah disentuh. Namun jika kita melihat contoh terbaru Telangana yang merupakan negara bagian terbaru di India yang dibentuk melalui periode perjuangan yang berkelanjutan, bahasa juga menjadi pusat penciptaannya. Namun tanpa melenceng dari topiknya, ada sudut pandang politik terkait pembangunannya. Melanjutkan contoh nasionalisme dan kaitannya erat dengan Bahasa, kita dapat merujuk pada contoh Yugoslavia. Negara ini memiliki kerangka kesatuan di mana orang-orang dari berbagai etnis bersatu. Namun munculnya sikap nasionalis datang seiring dengan terwujudnya identitas etnis. Namun pertanyaan terkuat yang harus ditanyakan sehubungan dengan etnisitas yang terpisah adalah apa yang memberi identitas pada keterpisahan. Bahwa dalam contoh Yugoslavia adalah bahasa mereka yang terpisah. Orang Serbia, Kroasia, bahkan Bosnia tidak hanya berasal dari etnis yang berbeda tetapi juga memiliki bahasa masing-masing untuk memperjuangkan identitasnya. Di sinilah konteks politik identitas bahasa sebagai langkah ideologis menuju nasionalisme berperan. Perjuangan untuk menciptakan wilayah kekuasaan mereka sendiri dapat terjadi bukan hanya karena etnisitas mereka tetapi juga karena kesamaan bahasa. Ini adalah kriteria yang sangat penting, sekarang muncul pertanyaan mengapa? Bangkitnya nasionalisme mempunyai kaitan yang sangat penting dengan perkataan yang diucapkan. Retorika atau ucapan yang diucapkan dapat menanamkan rasa nasionalisme. Oleh karena itu ucapan dan penggunaan bahasa sangat penting bagi sudut pandang nasionalisme.

Namun hal ini mungkin tidak berlaku untuk semua kasus karena pengecualian terhadap aturan selalu ada. Gagasan membangun India berdasarkan garis kebahasaan adalah sebuah tatanan. Hal ini mengingat identitas bahasa yang terpisah dan etnis berbeda yang membentuk gagasan India. Sebuah kompromi terhadap gagasan subnasionalisme dan akumulasi bahasa adalah hasilnya. India adalah salah satu negara unik dari zaman bersejarah yang telah mengumpulkan bahasa-bahasa beserta evolusinya dan menyerapnya ke dalam masyarakat. Ini adalah salah satu pengecualian paling penting ketika dalam satu kesatuan geografis perbedaan bahasa dengan konstruksi ideologinya sendiri telah diserap. Di sini gagasan subnasionalisme dalam dominasi India sebagai negara-negara individual telah terakumulasi. Bahasa telah memainkan peran penting dalam membangun bagian sosiologis. R.Bugarski yang menyebutkan konsep separatisme dalam makalahnya

"Bahasa, Nasionalisme & Perang di Yugoslavia" sebagaimana disebutkan sebelumnya telah menyoroti konsep bahasa sebagai instrumen ampuh bagi pembentukan negara bangsa. Bagian penulisan selanjutnya adalah tentang bagaimana bahasa dikonsep oleh penulis selama periode waktu tertentu.

Keith Walters sebagaimana ia menyebutkan dalam tulisannya dalam buku **"Gendering French in Tunisia: Language ideologies and Nationalism"** bahwa bahasa sebagai sebuah ideologi merupakan cara penerimaan masyarakat yang terus berkembang. Kasus Afrika Utara di mana bahasa Arab digantikan oleh bahasa Prancis memberikan contoh bagaimana imperialisme tidak hanya bersifat ekonomi tetapi juga sosial budaya. Hal ini mungkin memiliki atau mungkin tidak mengalami kemajuan alami dalam jaringan sosial, tergantung pada konteksnya. Kerajaan Perancis telah berhasil mengintegrasikan bahasanya sebagai lingua franca resmi di seluruh wilayah jajahannya. Demikian pula Kerajaan Inggris di wilayah jajahannya juga telah berhasil mengintegrasikan bahasa tersebut sebagaimana disebutkan oleh Nicholas Close. Meskipun seperti yang telah dibahas, India merupakan salah satu pengecualian utama dalam warisan kolonialnya di mana selama periode waktu tertentu bahasa Inggris telah diakumulasikan sebagai bahasa resmi meskipun bahasa tersebut tetap mempertahankan lingua franca-nya sendiri. Nah hal ini sendiri mengungkapkan banyak hal tentang aspek identitas dan nasionalisme. Telah dibahas secara rinci pada tulisan di atas bahwa bahasa adalah sebuah ide.

Idenya sendiri membangun sentimen nasionalis dan cara bahasa mendefinisikannya dalam masyarakat menjadi fokusnya. Saya telah mencoba merefleksikan hal ini dalam tulisan saya bahwa bahasa adalah titik sentrifugal dimana massa dapat menggalang dukungan. Namun intinya tidak terbatas pada hal itu saja. Fokus utamanya adalah penggunaan bahasa sebagai aspek budaya untuk mendefinisikan ide, perasaan, dan nilai-nilai masyarakat. Sebagian besar nasionalisme yang berkaitan dengan bahasa dibangun berdasarkan kerangka di atas. Di banyak negara pasca kolonial, bahasa juga menjadi bentuk aturan dominan yang dipaksakan pada penduduk asli sebagai bentuk superioritas. Ide tersebut berkaitan dengan pemahaman bagaimana bahasa itu sendiri mengartikan mimpi sekelompok orang, bangsa, negara dan lain-lain.

Evolusi bahasa dan pemahaman ideologinya telah berubah seiring dengan pergeseran paradigma dari masa feodal ke masa kolonial berkembang menjadi negara pascakolonial. Pada bagian akhir artikel ini, mungkin dapat disimpulkan bahwa karunia bahasa telah menjadi salah satu faktor utama bagi masyarakat manusia untuk berevolusi secara terpisah. Evolusi budaya, ideologi, kedekatan dan perilaku mempunyai kaitan yang kuat dengan bahasa itu sendiri. Contohnya adalah adanya perbedaan kata untuk mendefinisikan kata salju dalam budaya Eskimo. Demikian pula bahasa yang sama dengan perkembangan perbedaan penggunaan yang tersebar pada wilayah geografis yang beragam juga dapat menimbulkan perbedaan makna dalam batas bahasa yang sama. Hal ini berlaku juga bagi bahasa-bahasa yang mendominasi dunia yaitu Inggris, Perancis, dan bahasa-bahasa Eropa lainnya yang telah mendominasi dunia sejak masa kekaisarannya. Seperti yang disebutkan Susan Hamilton dalam tulisannya "Membuat Sejarah dengan Frances Power Cobbe" bahasa itu sendiri memiliki kekuatan untuk berkembang dan narasinya untuk mengatakan hal-hal yang berubah dalam arti sebenarnya selama periode waktu tertentu di masyarakat. Bagaimana kata-kata tersebut dipandang atau apa nilai moral dari kata-kata tertentu. Kata-kata yang digunakan sehari-hari saat ini mungkin memiliki aspek yang sangat berbeda ketika kata-kata tersebut benar-benar dipahami dan mengubah maknanya selama periode waktu tertentu. Tanpa menyimpang terlalu jauh dari pokok bahasannya, bahasa asli yang digunakan segelintir orang ketika berpindah ke tempat yang bukan asal bahasa tersebut memberikan identitas baru pada bahasa tersebut. Ini menambah aspek budaya dari aspek budaya baru. Orang-orang Kanada Perancis & Afrika Perancis, dunia Arab selain dari orang-orang di AS dan Afrika Britania, orang-orang India dalam penggunaan bahasa Inggris mereka semuanya telah menambahkan bahasa yang diidentifikasi untuk sekelompok orang tertentu (awalnya penjajah) ke dalam ekosistem komunikasi umum . Hal ini terwakili dengan baik oleh (Blackledge 2002) yang menyebutkan bahwa Inggris telah menggunakan bahasa sebagai bentuk yang lebih ampuh dalam menghubungkan bahasa Inggris dengan bahasa ibu. Dengan cara inilah imperialisme budaya mereka berhasil. Ini tentang penggunaan bahasa sebagai identitas nasional dengan mempertimbangkan perubahan perbedaan etnis. Hal ini juga telah dirujuk dalam makalah yang ditulis oleh Santosh Kumar Mishra dan Naveen Kumar Pathak tentang "Pendidikan Bahasa Inggris di India: Perjalanan dari Imperialisme ke Dekolonisasi" bahwa bagaimana bahasa yang awalnya bersifat asing justru turut mengobarkan semangat nasionalisme. Bahasa umum yang menghubungkan meskipun bersifat elitis memungkinkan generasi pertama orang India untuk membaca dan memahami cara kerja demokrasi barat dan negara bangsa. Tentu saja hal ini tidak menyulut rasa ras nasionalis yang agresif, melainkan individu yang berpikir. Dalam catatan sejarah, penduduk asli India yang mengenal sistem pendidikan Inggris Macaulay juga merasakan nuansa nasionalisme Eropa. Hal ini membuktikan bahwa meskipun bukan tujuan bahasa yang dimaksudkan namun pengaruh bahasa yang berkembang berdampak berubah seiring berjalannya waktu.

Referensi untuk Bab 3

Aghion, P. dan Bolton, P. (1997). Teori Pertumbuhan dan Pembangunan Trickle-Down. Tinjauan Studi Ekonomi, 64(2), hal.151.

Bose, S. dan Jalal, A. (2009). Nasionalisme, demokrasi dan pembangunan. New Delhi: Universitas Oxford. Tekan.

Bosworth, B. dan Collins, S. (2008). Akuntansi Pertumbuhan: Membandingkan Tiongkok dan India. Jurnal Perspektif Ekonomi, 22(1), hal.45-66.

Kuningan, P. (2004). Kepentingan elit, minat populer, dan kekuatan sosial dalam politik bahasa India. Studi Etnis dan Ras, 27(3), hal.353-375.

Demetriades, P. dan Luintel, K. (1996). Perkembangan Keuangan, Pertumbuhan Ekonomi dan Pengendalian Sektor Perbankan: Bukti dari India. Jurnal Ekonomi, 106(435), hal.359.

Fernandes, L. (2004). Politik Lupa: Politik Kelas, Kekuasaan Negara dan Restrukturisasi Ruang Perkotaan di India. Studi Perkotaan, 41(12), hlm.2415-2430.

Harish, R. (2010). Arsitektur merek dalam pencitraan merek pariwisata: jalan ke depan bagi India. Jurnal Penelitian Bisnis India. [online] Tersedia di:

https://www.emerald.com/insight/content/doi/10.1108/17554191011069442/full/html [Diakses 28 Sep 2019].

Khodabakhshi, A. (2011). Hubungan antara PDB dan Indeks Pembangunan Manusia di India. Jurnal Elektronik SSRN.

Mooij, J. (1998). Kebijakan dan politik pangan: Ekonomi politik sistem distribusi publik di India. Jurnal Studi Petani, 25(2), hal.77-101.

Mukerjee, R. (2007). Transisi ekonomi India. New Delhi: Pers Universitas Oxford.

Tilak, J. (2007). Pendidikan pasca-sekolah dasar, kemiskinan dan pembangunan di India. Jurnal Internasional Perkembangan Pendidikan, 27(4), hal.435-445.

Varshney, A. (2000). Apakah India Menjadi Lebih Demokratis? Jurnal Studi Asia, 59(1), hal.3-25.

Referensi untuk Bab 4

Almgren, R., & Skobelev, D. (2020). Evolusi teknologi dan tata kelola teknologi. *Jurnal Inovasi Terbuka: Teknologi, Pasar, dan Kompleksitas , 6* (2), 22.

Barile, S., Orecchini, F., Saviano, M., & Farioli, F. (2018). Manusia, teknologi, dan tata kelola untuk keberlanjutan: Kontribusi sistem dan pemikiran sistem siber. *Ilmu Keberlanjutan , 13* , 1197-1208.

Bhattacharya, S. (2022) *Di Benggala Barat, upaya ambisius untuk menanam bakau membuahkan hasil yang terbatas , Scroll.in* . Tersedia di: https://scroll.in/article/1032297/in-west-bengal-ambitious-efforts-to-plant-mangroves-yield-limited-results (Diakses: 10 Juni 2023).

Jagal, J., & Beridze, I. (2019). Bagaimana keadaan tata kelola kecerdasan buatan secara global?. *Jurnal RUSI*, *164* (5-6), 88-96.

Chakraborti, S. *Kota Baru mendapat toko serba ada dari sampah menjadi kekayaan: Berita Kolkata - Times of India*, *The Times of India*. Tersedia di:https://timesofindia.indiatimes.com/city/kolkata/new-town-gets-one-stop-waste-to-wealth-store/articleshow/78689888.cms (Diakses: 10 Juni 2023).

Davis, KE, Kingsbury, B., & Merry, SE (2012). Indikator sebagai teknologi tata kelola global. *Tinjauan Hukum & Masyarakat*, *46* (1), 71-104.

Dias Canedo, E., Morais do Vale, AP, Patrão, RL, Camargo de Souza, L., Machado Gravina, R., Eloy dos Reis, V., ... & T. de Sousa Jr, R. (2020). Proses Tata Kelola Teknologi Informasi dan Komunikasi (TIK): Studi Kasus. *Informasi*, *11* (10), 462.

Finger, M., & Pecoud, G. (2003). Dari e- Pemerintah ke e- Tata Kelola? Menuju model e- Tata Kelola. *Jurnal Elektronik E-Government*, *1* (1), hal52-62.

Hutten, M. (2019). Titik lemah dari kode keras: teknologi blockchain, tata kelola jaringan, dan jebakan utopianisme teknologi. *Jaringan Global*, *19* (3), 329-348.

Juiz, C., Guerrero, C., & Lera, I. (2014). Menerapkan prinsip-prinsip tata kelola yang baik bagi sektor publik dalam kerangka tata kelola teknologi informasi. *Buka Jurnal Akuntansi* .

Karol Mohan, AT (2023) *Memahami Data Pembangunan Perkotaan yang Berantakan di Bengaluru* , Citizen Matters, Bengaluru . Tersedia di: https://bengaluru.citizenmatters.in/making-sense-of-bengalurus-messy-urban-development-data-117710 (Diakses: 11 Juni 2023).

Khalil, S., & Belitski, M. (2020). Kemampuan dinamis untuk kinerja perusahaan di bawah kerangka tata kelola teknologi informasi. *Tinjauan Bisnis Eropa* , *32* (2), 129-157.

Kumar, M. (2022) *Dewan Pengendalian Polusi Negara di India tidak memiliki cukup staf atau keahlian* , Scroll.in . Tersedia di: https://scroll.in/article/1036752/state-pollution-control board-in-india-neither-have-enough-staff-nor-expertise (Diakses: 14 Juni 2023).

León, LFA, & Rosen, J. (2020). Teknologi sebagai ideologi dalam tata kelola perkotaan. *Sejarah Asosiasi Ahli Geografi Amerika* , *110* (2), 497-506.

Mittal, P., & Kaur, A. (2013). E-governance: Sebuah tantangan bagi India. *Jurnal internasional penelitian lanjutan di bidang teknik & teknologi komputer* , *2* (3).

Mort, M., Finch, T., & Mei, C. (2009). Membuat dan membatalkan telepati: Identitas dan tata kelola dalam teknologi kesehatan baru. *Sains, Teknologi, & Nilai Kemanusiaan* , *34* (1), 9-33.

Mulligan, DK, & Bamberger, KA (2018) . Menyimpan tata kelola sesuai desain. *Tinjauan Hukum California* , *106* (3), 697-784.

Musso, J., Weare, C., & Hale, M. (2000). Merancang teknologi web untuk reformasi pemerintahan daerah: manajemen yang baik atau demokrasi yang baik? *Komunikasi Politik* , *17* (1), 1-19.

Prasher, G. (2023) *Bengaluru, kita punya masalah: Ini Danau kita* , *Cermin Bangalore* . Tersedia di: https://bangaloremirror.indiatimes.com/bangalore/civic/bengaluru-we-have-a-problem-its-our-lakes/articleshow/97289067.cms (Diakses: 11 Juni 2023).

Roco, MC (2008). Kemungkinan tata kelola global atas teknologi yang konvergen. *Jurnal penelitian nanopartikel* , *10* , 11-29.

Sachdeva, S. (2002). strategi e-Governance di India. *Buku Putih tentang strategi e-Governance di India* .

Vidisha, S. (2023) *Penduduk daerah kumuh Mumbai menentang rencana pembangunan kembali Adani* , *Nikkei Asia* . Tersedia di: https://asia.nikkei.com/Spotlight/Asia-Insight/Mumbai-slum-residents-stand-up-against-Adani-s-redevelopment-plan (Diakses: 12 Juni 2023).

Yadav, N., & Singh, VB (2013). E-governance: masa lalu, sekarang dan masa depan di India. *arXiv pracetak arXiv:1308.3323* .

Para ahli bertukar pikiran mengenai strategi untuk meningkatkan kualitas udara di Delhi . Tersedia di: https://www.newindianexpress.com/cities/delhi/2023/may/16/experts-brainstorm-on-strategies-to-improve-air-quality-in-delhi-2575552.html (Diakses: 12 Juni 2023).

Bagaimana perencanaan dan pembangunan Mumbai dapat melibatkan warga: Mumbai News - Times of India , The Times of India . Tersedia di: https://m.timesofindia.com/city/mumbai/how-planning-and-development-of-mumbai-can-involve-citizens/articleshow/100691710.cms (Diakses: 11 Juni 2023).

Pemerintah Benggala Barat meluncurkan bus dengan Pembersih Udara di Kolkata untuk mengatasi polusi (2023) Hindustan Times . Tersedia di: https://www.hindustantimes.com/cities/kolkata-news/west-bengal-govt-launches-buses-with-air-purifiers-in-kolkata-to-beat-pollution-101686042102914.html (Diakses : 11 Juni 2023).

Referensi untuk Bab 5

Albert Eleanor, (2019) diakses dari Thediplomat.com "Rusia, lingkungan energi alternatif Tiongkok"

Altman A. Steven, 2020 diakses dari Harvardbusinessreview.org: "Akankah Covid19 berdampak jangka panjang pada globalisasi?

Birdsall, Campos M. Nancy, Edgardo L Kim Jose, Corden Chang-Shik, MacDonald W. Max, Pack Lawrence, Page Howard, Sabor John, Stiglitz Richard, E. Joseph (1993) diakses dari dokumen.worldbank.org "The East Keajaiban Asia: pertumbuhan ekonomi dan kebijakan publik"

Bishara Marwan, (2020) diakses dari Aljazeera.com "Waspadalah terhadap kekacauan yang membayangi di Timur Tengah"

Bogardus, E. (1927) Imigrasi dan sikap ras. New York: Publikasi DC Heath.

Bose, S. dan Jalal, A. (2009). Nasionalisme, demokrasi dan pembangunan. New Delhi: Universitas Oxford. Tekan.

Bosworth, B. dan Collins, S. (2008). Akuntansi Pertumbuhan: Membandingkan Tiongkok dan India. Jurnal Perspektif Ekonomi, 22(1), hal.45-66.

Kuningan, P. (2004). Kepentingan elit, minat populer, dan kekuatan sosial dalam politik bahasa India. Studi Etnis dan Ras, 27(3), hal.353-375.

Callahan, AW (2016). "Impian Asia" Tiongkok adalah inisiatif jalan sabuk dan tatanan regional baru. Jurnal Politik Komparatif Asia 1(3), 226-243.

Chen Alicia, Molter Vanessa (2020) diakses dari fsi.stanford.edu "Diplomasi Masker: Narasi Tiongkok di era COVID"

Cheng, KL (2016). Tiga Pertanyaan tentang "inisiatif Belt and Road" Tiongkok. *Tinjauan Ekonomi Tiongkok 40, 309-313*

Diplomasi Baru Tiongkok dan Dampaknya terhadap Dunia. (2007). *Brown Journal of World Affairs*, [online] 14(1), hal.221-232.

Demetriades, P. dan Luintel, K. (1996). Perkembangan Keuangan, Pertumbuhan Ekonomi dan Pengendalian Sektor Perbankan: Bukti dari India. Jurnal Ekonomi, 106(435), hal.359.

Deepta Chopra- Kebijakan Pembangunan dan Kesejahteraan di Asia Selatan, 2014.

Duara P., (2001) diakses dari jstor.org "Wacana Peradaban dan Pan Asianisme"

Du J. & Zhang, Y. (2018). Apakah inisiatif satu sabuk satu jalan mempromosikan investasi langsung luar negeri Tiongkok? *Tinjauan Ekonomi Tiongkok 47, 189-205.*

Penggemar, Y. (2007). Kekuatan lunak: Kekuatan tarik-menarik atau kebingungan? *Palgrave Macmillan*, [online] 4(2), hal.147-158.

Ferdinand, P. (2016). Ke arah barat- mimpi Tiongkok dan 'satu sabuk, satu jalan': kebijakan luar negeri

Tiongkok di bawah Xi Jingping. *Urusan Internasional 92(4), 941-957*

Ghoshal Singh Antara, (2020) diakses dari Thehindu.com "Kebuntuan dan dilema kebijakan Tiongkok di India"

GS Khurana, (2008) diakses dari tandfonline.com "Benang Mutiara Tiongkok di Samudera Hindia dan Implikasi Keamanannya".

Guo, C., Lu, C., Denis, DA & Jielin, Z. (2019). Implikasi Strategi "One Belt, One Road" terhadap Tiongkok dan Eurasia.

Hillman, J. (2018). Sabuk dan Jalan Tiongkok Penuh Lubang. Pusat Studi Strategis dan Internasional.

Huang, Y. (2016). Memahami inisiatif Belt & Road Tiongkok: motivasi, kerangka kerja, dan penilaian. Tinjauan Ekonomi Tiongkok 40, 314-321.

Islam, NM (2019). Jalur Sutra ke jalan sabuk. Peloncat

Jain Ayush, (2020) diakses dari eurasiantimes.com "Setelah Galwan, Himachal bisa menjadi isu besar berikutnya dalam sengketa perbatasan India-Tiongkok"

Jinchen, T. (2016). Satu sabuk dan satu jalan: menghubungkan Tiongkok dan dunia. *Situs web Inisiatif Infrastruktur Global*.

Johnston, AL (2019). Inisiatif Belt and Road: Apa Manfaatnya Bagi Tiongkok? *Studi Kebijakan Asia & Pasifik 6(1), 40-58.*

Liang, Y. (2020). Inisiatif internasionalisasi RMB dan pembiayaan jalur sabuk: Perspektif MMT. *Ekonomi Tiongkok 53(4), 317-328.*

Lu, H, R. Charlene, R., Hafner, M. & Knack, M. (2018). Inisiatif Sabuk dan Jalan Tiongkok. *RAND Eropa.*

Minghao, Z. (2016). Inisiatif Belt and Road berdampak pada hubungan Tiongkok-Eropa. *Penonton Internasional 51(4). 109-118.*

Mishra Rahul, (2020) diakses dari Thediplomat.com "Luka yang Ditimbulkan Tiongkok di Laut Cina Selatan"

Mitchell, D. (2020). Membangun atau Menghancurkan Kawasan: Inisiatif Belt Road Tiongkok dan Maknanya bagi Dinamika Regional. *Geopolitik*

Mooij, J. (1998). Kebijakan dan politik pangan: Ekonomi politik sistem distribusi publik di India. Jurnal Studi Petani, 25(2), hal.77-101.

Narins, PT & Agnew, J. (2020). Hilang dari peta: eksepsionalisme Tiongkok, rezim kedaulatan, dan inisiatif jalan sabuk. *Geopolitik 25(4).*

Nordin, HMA & Weissmann, M. (2018). Akankah Trump membuat Tiongkok hebat lagi? Inisiatif Belt and Road dan tatanan internasional. *Urusan luar negeri*

Ramadhan, I. (2018). Inisiatif Jalan Sabuk Tiongkok. *Intermestik: Jurnal Studi Internasional*

Saha Premesha, (2020) diakses dari orfonline.org "Dari 'Pivot to Asia' hingga ARIA Trump: Apa yang mendorong Kebijakan AS di Asia saat ini?"

SCHMIDT, J. (2008). Diplomasi Soft Power Tiongkok di Asia Tenggara. *Jurnal Studi Asia Kopenhagen* , [online] (26), hal.22-46.

Scobell, A., Lin, B., Howard, JS, Hanauer, L., Johnson, M. & Michake, S. (2018). Pada awal mula Belt and Road: Tiongkok di negara berkembang. *Perusahaan Rand*

Syariah, S. (2019). Inisiatif Belt and Road: apa yang akan ditawarkan Tiongkok kepada dunia dalam kebangkitannya. *Jurnal Ilmu Politik Asia 27(1), 152-156*

Suri Navdeep dan Taneja Kabir, (2020) diakses dari The Hindu.com: "Dalam krisis pandemi menjembatani jurang pemisah dengan Asia Barat"

Sylvia Martha, (2020) Diakses dari Thediplomat.com "Perang Global untuk 5G Memanas"

Tan Meng Chee, (2015) diakses dari theasiadialogue.com "Investasi infrastruktur dan masalah citra Tiongkok di Asia Tenggara"

Ya, M. (2020). Jalan Taruhan dan Sesudahnya: Globalisasi yang Dimobilisasi Negara di Tiongkok. *Pers Universitas Cambridge*

Yunling, Z. (2015). Satu Sabuk, Satu Jalan: Pandangan Tiongkok. *Asia Global 10(3), 8-12.*

Zhao, S. (2020). Inisiatif Jalan Sabuk Tiongkok sebagai tanda tangan diplomasi Presiden Xi Jingping: Lebih mudah diucapkan daripada dilakukan. *Jurnal Tiongkok Kontemporer 29(123), 319-335.*

Referensi untuk Bab 6

Adelman, H. (2002). Pos Perbatasan dan Imigrasi Kanada 9/11. *Tinjauan migrasi internasional. 36(1), 15-28.*

Anderson, M., Alcaraz Elena, M., Freudenstein, R., Guiraudon, V. (2000). Tembok di sekeliling Barat: Perbatasan negara dan kontrol imigrasi di Amerika Utara dan Eropa. *Rowman & Littlefield.*

Bommes, M. (2000). Imigrasi dan kesejahteraan: Menantang batas-batas negara kesejahteraan. *Routledge.*

Chacon, MJ (2006). Perbatasan tidak aman: Pembatasan imigrasi, pengendalian kejahatan dan keamanan nasional. *Sambungan I. reV. 39, 1827.*

Crepaz, MM (2008). Kepercayaan melampaui batas: Imigrasi, negara kesejahteraan dan identitas dalam masyarakat modern. *Pers Universitas Michigan*

Fassin, D. (2011). Menjaga perbatasan, membuat batasan. Pemerintahan imigrasi di masa-masa gelap. Review Tahunan Antropologi. 40, 213-226.

Flores, AL (2003). Membangun batasan retoris: Peon, orang asing ilegal, dan narasi imigrasi yang saling bersaing. *Studi Kritis dalam Komunikasi Media. 20(4), 362-387.*

Flynn, D. (2005). Perbatasan baru, manajemen baru: dilema kebijakan imigrasi modern. *Studi Etnis dan Ras 28(3), 463-490.*

Hayter, T. (2000). Perbatasan terbuka: Kasus menentang kontrol imigrasi. *Studi Migrasi dan Diaspora, 17.*

Jacobson, D. (1996). Hak lintas batas: Imigrasi dan penurunan kewarganegaraan. *cemerlang.*

Raja. N.(2016). Tanpa batas: Politik kontrol dan perlawanan imigrasi. *Zed Buku Ltd.*

Lahav, G. (2004). Imigrasi dan politik di Eropa baru: Menemukan kembali perbatasan. *Pers Universitas Cambridge.*

Maciel, D. & Herrera-Sobek, M. (1998). Budaya lintas batas: imigrasi Meksiko & budaya populer. *Pers Universitas Arizona*

Peters EM (2015). Perdagangan terbuka, perbatasan tertutup imigrasi di era globalisasi. *Pol Dunia. 67, 114.*

Wilcox, S. (2009). Perdebatan perbatasan terbuka tentang imigrasi. *Kompas Filsafat 4(5). 813-821.*

Wilcox, S. (2015). Imigrasi dan Perbatasan. *Perbandingan Bloomsbury dengan Filsafat Politik, 183-197.*

Referensi untuk Bab 7

A Smeulers, S Van Niekerk Abu Ghraib dan Perang Melawan Teror—kasus melawan Donald Rumsfeld? Kejahatan, hukum dan perubahan sosial, 2009

Dyson , BS "Hal Terjadi": Donald Rumsfeld dan Perang Irak . Analisis Kebijakan Luar Negeri, 2009

Fischer-Lescano, A. Penyiksaan di Abu Ghraib: Pengaduan terhadap Donald Rumsfeld berdasarkan kode kejahatan Jerman terhadap hukum internasional . Jurnal Hukum Jerman, 2005.

Hampton , AJ, Aina, B., Andersson, J. Efek Rumsfeld: Jurnal Psikologi. 2012

Logan , CD - Diketahui, diketahui tidak diketahui, tidak diketahui tidak diketahui dan penyebaran penyelidikan ilmiah . Jurnal botani eksperimental, 2009.

Morris, E. Yang Tidak Diketahui Diketahui . Apa yang Tidak Anda Ketahui Anda Tidak Tahu, Dogwoof, 2000

Panagopoulos , C. *Jajak Pendapat:* Opini Publik dan Menteri Pertahanan Donald Rumsfeld . Studi Kepresidenan Triwulanan, 2006

Rumsfeld, HD Transformasi Urusan Luar Negeri militer , HeinOnline. 2002

Rumsfeld, D. Membela diri kita sendiri: Mengapa kita harus menyerang Irak? Pidato Penting Hari Ini, 2002

Rumsfeld, HD Perang jenis baru . Tinjauan Militer, 2001

Rumsfeld, D. Panduan dan Kerangka Acuan Tinjauan Pertahanan Empat Tahunan 2001 . 2001

Rumsfeld, HD Perang jenis baru . Tinjauan Militer, 2001

Rumsfeld, DH Laporan Tahunan kepada Presiden dan Kongres . 2003

Rumsfeld, HD Pernyataan Yang Terhormat Donald H. Rumsfeld . 2001

Rumsfeld, D. Prinsip Inti untuk Irak yang Merdeka . Jurnal Wall Street, 2003

Ryan, M. 'Dominasi spektrum penuh': Donald Rumsfeld, Departemen Pertahanan, dan strategi perang tidak teratur AS, 2001–2008 . Perang Kecil & Pemberontakan, 2014.

Referensi untuk Bab 10

Alyssa Ayres (2009), "Berbicara Seperti Negara: Bahasa dan Nasionalisme di Pakistan", Cambridge University Press.

Anderson Benedict (1983), "Komunitas yang Terbayang", Verso, London

Blackledge Adrian (2002), "Konstruksi Diskursif Identitas Nasional di Inggris Multibahasa", Jurnal bahasa, identitas dan pendidikan, Vol 1, hal 67-87

Holobrow Marnie (2007), "Ideologi Bahasa dan Neo Liberalisme", Jurnal Bahasa dan Politik, Vol 6, hlm.51-73

Kathryn A. Woolard & Bambi B. Schieffelin (1994), "Ideologi Bahasa", Tinjauan Tahunan Antropologi, Vol 23, hlm.55-82

Ranko Bugarski (2001), "Bahasa, Perang dan Nasionalisme di Yugoslavia", Jurnal internasional sosiologi bahasa, Vol 151, hal-69-87

Walters Keith (2011), "Gendering French in Tunisia: ideologi bahasa dan nasionalisme", Jurnal internasional sosiologi bahasa, Vol 2011, halaman 83

Tunggu selanjutnya............

www.ingramcontent.com/pod-product-compliance
Lightning Source LLC
LaVergne TN
LVHW041658070526
838199LV00045B/1112